Bianca

LA NOVIA ROBADA DEL JEQUE

Kate Hewitt

Editado por Harlequin Ibérica.
Una división de HarperCollins Ibérica, S.A.
Núñez de Balboa, 56
28001 Madrid

© 2018 Kate Hewitt
© 2019 Harlequin Ibérica, una división de HarperCollins Ibérica, S.A.
La novia robada del jeque, n.º 2679 - 6.2.19
Título original: Desert Prince's Stolen Bride
Publicada originalmente por Harlequin Enterprises, Ltd.

I.S.B.N.: 978-84-1307-364-4
Depósito legal: M-39156-2018
Impresión en CPI (Barcelona)
Fecha impresion para Argentina: 5.8.19
Distribuidor exclusivo para España: LOGISTA
Distribuidor para México: Distibuidora Intermex, S.A. de C.V.
Distribuidores para Argentina: Interior, DGP, S.A. Alvarado 2118.
Cap. Fed./Buenos Aires y Gran Buenos Aires, VACCARO HNOS.

Capítulo 1

EL INTRUSO entró por la ventana de la habitación.

Olivia Taylor soltó el vestido que estaba doblando y lo miró, boquiabierta. Estaba demasiado conmocionada como para tener miedo.

Aún.

El hombre, alto, ágil y poderoso, iba vestido de negro. Bajo el turbante que cubría su cabeza vio unos ojos de color acero que brillaban con fiera determinación.

Olivia estaba tomando aliento para gritar cuando él cruzó la habitación en dos zancadas y le puso una mano sobre la boca.

—No voy a hacerte daño —le dijo, en árabe. Su tono era brusco y, sin embargo, extrañamente suave al mismo tiempo.

Ella tardó un momento en entender. Había aprendido algo de árabe viviendo en el palacio del sultán Hassan Amari, pero la habían contratado para que hablase exclusivamente en su idioma con las tres jóvenes princesas, de modo que sus conocimientos eran rudimentarios.

—Te doy mi palabra de honor y yo soy un hombre de palabra. Haz lo que te digo y no te pasará nada, lo juro por mi vida.

Olivia se quedó rígida, con la mano del hombre sobre la boca. Olía a caballo, a arena y a algo dulce como el almizcle. Y, curiosamente, la mezcla no resultaba desagradable...

Era como si aquello estuviera pasando bajo el agua o a cámara lenta y, sin embargo, a toda velocidad. Le daba vueltas la cabeza y era incapaz de formar un pensamiento coherente.

El hombre la llevó hacia la ventana y ella lo siguió, con las piernas temblorosas, el corazón encogido y la mente un lienzo en blanco de miedo y desasosiego.

La princesa Halina estaba en el saloncito de la habitación. La puerta no estaba cerrada del todo y podía oír a su amiga canturreando al otro lado. ¿Cómo podía estar pasando aquello? Solo había entrado en la habitación de Halina para guardar su vestido de noche. La joven acababa de regresar de la que, según ella, había sido una cena interminable con sus padres para hablar de su futuro, de su prometido. Olivia sabía que Halina no quería casarse y menos con un príncipe rebelde al que ni siquiera conocía.

—Prácticamente es un fugitivo —le había dicho mientras se dejaba caer en el sofá, dejando escapar un suspiro—. Un criminal.

—He oído que estudió en Cambridge —había comentado Olivia, acostumbrada a su dramática amiga, pero Halina había puesto los ojos en blanco.

—Lleva diez años viviendo en el desierto y seguramente es un salvaje.

—Si estudió en Cambridge no puede ser un salvaje. Y, en cualquier caso, tus padres no quieren que te cases con él hasta que haya recuperado su trono y esté de vuelta en el palacio de Kalidar.

Olivia, que había sido la institutriz de las tres hermanas pequeñas de Halina durante cuatro años, conocía bien los planes y las esperanzas de la familia.

Halina estaba prometida con el príncipe Zayed al bin Nur desde que tenía diez años, pero una década antes el padre de Zayed había sido derrocado por uno de sus ministros, Fakhir Malouf, y el príncipe, que acababa de terminar sus estudios universitarios, se había visto forzado a exiliarse en el desierto.

La guerra civil duraba ya diez años, los rebeldes de Zayed contra las tropas de Malouf. El padre de Halina estaba dispuesto a honrar el compromiso de matrimonio, pero solo cuando el príncipe hubiese recuperado el poder... y a saber cuándo ocurriría eso.

Pero aquel hombre no tenía nada que ver con ese asunto. ¿Por qué quería secuestrarla? ¿Por qué estaba allí?

Él se asomó un momento a la ventana, sin apartar la mano de su boca.

—Por favor, no tengas miedo –le dijo al oído–. No va a pasarte nada.

Y, curiosamente, Olivia lo creyó. Y, sin embargo, estaba secuestrándola. No podía seguir paralizada, tenía que hacer algo. Intentó apartarse, empujarlo, pero él la sujetó.

—No hagas eso –le advirtió con tono letal, apretando su brazo con fuerza. Era inflexible y, sin embargo, extrañamente suave.

Olivia se quedó inmóvil, con el corazón acelerado. Sabía por instinto que si no lograba escapar en ese momento no habría otra oportunidad. Y si no escapaba...

No podía imaginar qué quería de ella aquel hombre, cuáles eran sus intenciones.

—He prometido no hacerte daño –dijo él, con cierta impaciencia–. Además, esto es lo mejor para los dos.

No tenía ningún sentido. ¿Lo mejor para ella era ser secuestrada? ¿Y cómo había conseguido entrar en el recinto del palacio y subir hasta la ventana de la habitación de Halina?

El palacio real de Abkar estaba a muchos kilómetros de la capital, en medio del desierto. Era un sitio remoto, protegido por altos muros y patrullado a todas horas por guardias y perros. Hassan Amari tomaba todo tipo de precauciones para cuidar de su querida familia y, sin embargo, allí estaba aquel intruso, oscuro, fuerte, implacable. Olivia no entendía cómo había podido pasar.

El hombre enredó una soga en su cintura. Estaba tan cerca que podía ver sus facciones en detalle. Tenía las pestañas sorprendentemente largas y espesas, y sus ojos no eran grises como había pensado al principio sino de un sorprendente color verde musgo. Los pómulos, la nariz y la boca parecían esculpidos, su expresión decidida e implacable.

—Yo te mantendré a salvo —afirmó, antes de tomarla en brazos para lanzarla por la ventana.

Olivia se quedó sin respiración. Estaba demasiado asustada como para gritar y tenía el corazón como suspendido dentro del pecho. Cayó con un golpe sordo en los brazos de otro hombre que la dejó en el suelo enseguida, pero antes de que pudiese gritar le cubrió la boca con un pañuelo.

El intruso descendió por el muro del palacio como una silenciosa pantera y torció el gesto al ver el pañuelo.

—¿Por qué la has amordazado?

—Lo siento —respondió el otro hombre en voz baja—. No quería que gritase.

¿Qué estaba pasando? ¿Dónde la llevaban?

Su secuestrador esbozó una sonrisa.

–Ven –dijo, tomándola del brazo para llevarla hacia un caballo amarrado a un árbol.

¿Un caballo? ¿Cómo iban a salir a caballo del palacio? La única manera de salir era atravesando el portón principal, alto e imponente, custodiado por los soldados del sultán.

El hombre la subió a la grupa del caballo y Olivia intentó no caerse por el otro lado. Al contrario que Halina y sus hermanas, ella no sabía montar. Él enarcó una ceja, como divertido por su ineptitud, y luego subió de un salto para colocarse a su espalda, sujetándola entre sus duros muslos.

Le pasó un brazo por la cintura y Olivia notó los latidos de su corazón en la espalda. El olor del cuerpo masculino invadía sus sentidos. Nunca había estado tan cerca de un hombre.

–Vamos –dijo él con tono suave, pero enérgico.

El caballo empezó a trotar y Olivia advirtió, incrédula, que estaban atravesando el portón del palacio. No había un solo soldado de guardia. ¿Se habrían hecho con el recinto? ¿Habrían lanzado un ataque sin que nadie se percatase?

En cuanto se alejaron un poco, el hombre le quitó el pañuelo de la boca.

–Lo siento mucho. No quería que fueras tratada de ese modo.

Eso no tenía sentido porque estaba secuestrándola, pensó Olivia. Pero no podía preguntar porque tenía la boca llena de arena.

–Espera un momento –murmuró él, mientras cubría su cara con el pañuelo–. Así está mejor.

Olivia era consciente del duro torso masculino en el que estaba apoyada, del brazo que la sujetaba por la cintura y que casi la hacía sentir segura. Aunque era absurdo.

El hombre golpeó los flancos del caballo con los talones y galoparon sobre la arena. Cabalgaron durante horas, con la luna plateada sobre sus cabezas, el cielo un jardín de estrellas que creaban sombras plateadas en el desierto, el único sonido el de los cascos del caballo.

En algún momento, con la cabeza apoyada en el torso del extraño, Olivia empezó a adormilarse, algo que parecía imposible en tan incierta situación.

Despertó sobresaltada al ver unas luces emergiendo entre las sombras. Oía un murmullo de voces, pero no entendía lo que decían.

El hombre detuvo el caballo y bajó de un salto antes de volverse hacia ella.

Olivia lo miró, asustada. Habían llegado a su destino y no tenía ni idea de lo que iba a pasar, lo que aquel hombre iba a hacer con ella. Había dicho que no quería hacerle daño, que la mantendría a salvo, ¿pero por qué iba a creerlo?

–Ven –le dijo en voz baja–. Nadie va a hacerte daño, te he dado mi palabra.

–¿Pero por qué...? –su voz sonaba ronca. Tenía la garganta seca y los labios llenos de arena–. ¿Por qué me has secuestrado?

–Para hacer justicia –respondió él, tomándola por la cintura para bajarla del caballo–. Vamos a comer y beber algo. Luego hablaremos.

Olivia intentó mantener el equilibrio, pero le temblaban las piernas. Odiaba sentirse tan débil, pero nunca había montado a caballo y llevaban horas galopando. Le dolían todos los músculos y temía estar a punto de desmayarse...

Por suerte, él la sujetó, mascullando algo en voz baja.

—Pensé que sabías montar a caballo.

—¿Qué? No, yo no sé montar, nunca he aprendido —murmuró Olivia, desconcertada.

¿Por qué pensaba eso si no la conocía?, se preguntó.

—Parece que mis informantes se han equivocado —dijo el hombre, dando media vuelta antes de que ella pudiese replicar—. Suma te atenderá.

Zayed al bin Nur se dirigió a su tienda, algo dolorido después del paseo a caballo y con el corazón acelerado por la emoción del triunfo.

Lo había hecho. Había conseguido atravesar los impenetrables muros del palacio de Abkar y secuestrar a la princesa Halina Amari. Lo único que quedaba por hacer era sellar el trato y convertirla en su esposa.

Esbozó una sonrisa al pensar en la cólera de su futuro suegro, pero secuestrar a la princesa había sido un riesgo calculado. Hassan sabía que su causa era justa y Zayed necesitaba el apoyo del vecino reino de Abkar para luchar contra Fakhir Malouf, el hombre que le había robado el trono y asesinado a su familia.

Entró en la tienda intentando controlar una oleada de cólera y Jahmal, su consejero, se levantó de inmediato para hacer una ligera reverencia.

—Alteza.

—¿Se han hecho todos los preparativos?

—Sí, Alteza.

Zayed se quitó el turbante y pasó las manos por su pelo para sacudir la arena.

—Le daré a mi prometida media hora para descansar y luego iniciaremos la ceremonia.

Jahmal hizo un gesto de inquietud, pero asintió con la cabeza.

–Muy bien, Alteza.

Él sabía que sus consejeros no estaban de acuerdo con el plan de secuestrar a la princesa porque, en su opinión, era un riesgo. Temían enfurecer a Hassan Amari, incluso provocar una guerra con el país vecino que era hasta ese momento su aliado. Pero ellos no se veían empujados por la furia y el odio. Ellos no recordaban los gritos de su padre y sus hermanos mientras morían abrasados en un helicóptero que caía al suelo envuelto en llamas.

Ellos no veían el gesto de horror de su madre cuando cerraban los ojos, ni experimentaban ese dolor eterno. El recuerdo de su madre muriendo en sus brazos era una carga que se llevaría con él hasta su último aliento. Ellos no despertaban en medio de la noche con un silencioso grito de terror y rabia en la garganta, ni se veían forzados a enfrentarse con otro triste amanecer, otro día de lucha interminable por lo que debería ser suyo.

No, ellos no lo entendían. Nadie lo entendía. Aquella guerra civil no tendría fin a menos que él hiciese algo drástico y definitivo. De no hacerlo, Fakhir Malouf seguiría destrozando el país y sojuzgando a su gente. Tenía que hacer algo y aquella le había parecido la única solución.

Había cosas peores que una boda rápida, pensó. Al fin y al cabo, estaba honrando su promesa de compromiso y Halina acabaría por aceptarlo.

Media hora después, recién bañado y afeitado, Zayed entró en la tienda donde había pedido a Suma que llevase a la princesa. A la luz de las velas, la vio sentada sobre un almohadón de seda, de espaldas a él. Era tan delgada, tan frágil. El pelo caía por su espalda como una húmeda cascada oscura. Llevaba una túnica de color azul cerúleo bordada con hilo de plata que era demasiado grande para ella, pero al recordar el roce de su cuerpo mientras galopaban juntos experimentó una sorprendente punzada de deseo.

Aquel iba a ser un matrimonio de conveniencia por razones políticas, pero había pasado mucho tiempo desde la última vez que se acostó con una mujer.

Zayed se aclaró la garganta y ella se dio la vuelta, mirándolo con los ojos muy abiertos. Tenía unos ojos increíbles, de un azul tormentoso, rodeados por unas pestañas larguísimas. No había esperado esos ojos.

En realidad, nunca había visto una buena fotografía de su prometida, solo unas imágenes borrosas tomadas a distancia. Habían sido prometidos oficialmente cuando él tenía veinte años y ella diez, aunque el compromiso se hizo por poderes, de modo que no se conocían. Aquella no parecía la presentación más halagüeña, pero no podía hacer nada.

–Espero que te hayas puesto cómoda.

Ella vaciló un momento, mirándolo como si buscase respuestas en su rostro.

–Sí –respondió por fin. Su voz era suave y ronca, muy agradable.

Por el momento, le gustaban su pelo, su voz y sus ojos. Y, después del viaje a caballo, sabía que su cuerpo era esbelto y delicado. Cuatro cosas por las que podía estar agradecido. No había esperado tanto. Según los rumores, Halina era una princesa mimada y melodramática, pero la mujer que tenía delante no parecía nada de eso.

–Pero yo no... no entiendo por qué...

A su espalda se abrió la puerta de la tienda y Zayed se encontró con los ojos interrogantes del imán que había elegido para formalizar la ceremonia. Él hubiera preferido una ceremonia civil, pero Malouf descartaría una unión que no fuese oficiada por un imán y aquella maniobra diplomática era importante.

—Estamos listos —le dijo al imán. Y el hombre asintió con la cabeza.

Ella miraba de uno a otro, sin entender.

—¿Qué... qué vamos a hacer?

—Lo único que debes hacer es decir que sí —le informó Zayed. No había tiempo para preguntas o protestas. Ya hablarían más tarde, cuando el matrimonio estuviera sellado.

—Sí —dijo ella entonces.

—No, espera un momento.

¿No entendía lo que estaba pasando? A él le parecía evidente y pronto también lo sería para Halina. No había tiempo para explicarle por qué la había secuestrado o por qué tenían que casarse con tanta prisa. Aunque el campamento estaba bien camuflado, el sultán podría enviar a sus tropas para rescatar a su hija y la intención de Zayed era estar casados para entonces.

El imán dio comienzo a la ceremonia y Zayed la tomó del brazo. Halina parecía desconcertada, pero estaba seguro de que tarde o temprano lo entendería. Al fin y al cabo, ella sabía que estaban prometidos. Sus métodos podían ser poco ortodoxos, pero el resultado sería el mismo que si estuvieran rodeados de pompa y circunstancia.

—Solo tienes que decir *naaam*, sí —le pidió en voz baja. Y ella parpadeó, mirándolo con cara de desconcierto.

–*Naaam* –murmuró después.

Dos veces más tuvo que pedirle que dijera que sí. El imán se volvió hacia él y Zayed repitió tres veces su respuesta: «sí, sí, sí».

Luego, haciendo una pequeña reverencia, el hombre salió de la tienda y Zayed dejó escapar un suspiro de alivio y satisfacción.

Estaba hecho, Halina y él se habían casado.

–Ahora te dejaré sola para que te prepares –Zayed decidió no dar más explicaciones.

Más tarde, cuando estuvieran solos, se lo explicaría todo. Más tarde, mientras cenaban, le diría la verdad: que esa noche no solo tendría lugar la ceremonia sino la consumación de su matrimonio.

Capítulo 2

OLIVIA no sabía lo que estaba pasando. Le había parecido una especie de ceremonia oficial, pero no entendía su significado. Su secuestrador había insistido en que dijera que sí. ¿Pero sí a qué? Tal vez estaba preparando una nota de rescate para la familia real y quería que anunciase que estaba bien, que no le habían hecho daño.

Y no le habían hecho daño, pero estaba desconcertada y más que asustada. ¿Quién era el hombre de expresión decidida y ojos suaves? ¿Qué quería de ella? ¿Y qué iba a pasar ahora?

La mujer que la había ayudado a bañarse y vestirse, Suma, fue a buscarla para llevarla a otra tienda más espaciosa, iluminada por velas y antorchas, con un colchón cubierto de almohadones de seda. El viento del desierto hacía crujir las paredes de la tienda y, a lo lejos, podía oír el piafar de los caballos.

A juzgar por los gestos de Suma, debía ponerse una especie de camisón de seda medio transparente bordado con hilo de oro. Y no podía preguntarle por qué ya que la sonriente mujer hablaba un dialecto del árabe que era totalmente incomprensible para ella.

Suma la dejó sola para que se cambiase de ropa y Olivia se quedó en medio de la tienda, con el camisón en la mano, preguntándose qué debía hacer. Escapar no parecía posible porque era de noche y estaban en medio del desierto. Además, no sabía montar a caballo y habían tardado horas en llegar allí.

Pero ponerse un camisón casi transparente tampoco le parecía sensato, de modo que lo dejó sobre la cama y miró alrededor, intentando entender la situación.

¿Volvería su secuestrador? Si era así, tal vez podría exigirle respuestas. Aunque no parecía un hombre que obedeciese las órdenes de nadie.

Suma volvió poco después con una bandeja de comida. Todo era muy civilizado, pensó. La trataban como si fuera una invitada, no una prisionera. Pero seguía sin saber cuáles eran las intenciones de su secuestrador y pensar en ello la llenaba de inquietud.

La mujer vio el camisón sobre la cama y, con un gesto, le indicó que se lo pusiera, pero Olivia negó con la cabeza.

–No voy a ponérmelo.

Suma, que parecía enojada, soltó una parrafada incomprensible. Evidentemente, quería que se pusiera el camisón.

¿Estaba siendo temeraria al desobedecer las órdenes? ¿Y si su secuestrador se enfadaba? ¿Pero por qué querría que se pusiera esa prenda? Era una pregunta que no se atrevía a formular y mucho menos a responder.

Suma sacudió la cabeza antes de desaparecer y Olivia dejó escapar un suspiro de alivio. No le apetecía nada pasearse por un campamento lleno de hombres con un camisón transparente, como si fuera una novia en su noche de bodas.

Vagó por la tienda, preguntándose si alguien iría a verla para explicarle la situación. ¿Qué querrían de ella? Si pensaban que el sultán pagaría una enorme suma de dinero por su rescate, iban a llevarse una desilusión. El sultán era amable con ella, pero solo era una empleada.

Y si querían otra cosa...

Tragando saliva convulsivamente, intentó no dejarse llevar por el pánico.

Quería ver al hombre de los ojos amables, aunque había algo en él que la turbaba profundamente. Cuando estaba cerca, sentía como si se llevase todo el oxígeno, como si le costase respirar. O pensar. Y debía permanecer calmada. Tenía que descubrir por qué estaba allí y luego tenía que encontrar la forma de escapar. Aunque, por el momento, eso le parecía imposible.

La puerta de la tienda se abrió en ese momento y allí estaba, con esos ojos de color verde grisáceo brillando a la luz de las velas. Iba vestido como antes, con un pantalón negro y una larga túnica de lino que destacaba los poderosos músculos de su torso.

Olivia se cruzó de brazos y levantó la barbilla, intentando mostrarse retadora, pero mirar esos ojos penetrantes era como mirar el sol.

—Quiero saber por qué me has traído aquí –le dijo, en su idioma.

—¿Prefieres hablar en un idioma extranjero? –replicó su secuestrador, con una pronunciación impecable.

—Lo prefiero al árabe.

—¿Ah, sí? –murmuró él, mirando el camisón con el ceño fruncido–. ¿Por qué no te has cambiado de ropa?

—¿Por qué iba a ponerme eso? –replicó Olivia.

Él esbozó una sonrisa, como si le pareciese muy divertido.

—Porque es cómodo y precioso. Y tú eres preciosa

también –respondió, señalando la bandeja–. Vamos a cenar algo. Ven, ponte cómoda.

Olivia no salía de su sorpresa. ¿Había dicho que era preciosa? Nadie le había dicho eso, nunca. Nadie se había fijado en ella. ¿Por qué él? ¿Por qué ahora? ¿Y qué quería?

Él se sentó sobre una silla, aparentemente relajado y tremendamente atractivo. Olivia sentía escalofríos solo con mirarlo. Moreno, de pelo muy corto, con unos ojos preciosos del color de la turba, la nariz recta y unos labios de pecado. Su cuerpo era fibroso, atlético, puro músculo de la cabeza a los pies. Incluso sentado irradiaba energía, poder y elegancia masculina. Era como un felino dispuesto a saltar en cualquier momento. Podría devorarla si quisiera... y ese pensamiento le pareció extrañamente emocionante.

Estaba un poco asustada, pero sentía también algo desconocido hasta entonces para ella... algo parecido al deseo. Su mirada era tan indolente. Nadie la había mirado así. Había pasado toda su vida en la sombra, haciéndose invisible, ignorada por su ocupado padre y marginada mientras estudiaba en el internado.

Desde que se convirtió en institutriz de las princesas Amari cuatro años antes se había vuelto aún más invisible, pero no le importaba. Estaba acostumbrada y siempre intentaba ser útil. Ser invisible le parecía seguro... pero de repente, en aquel momento irreal, cayó en la cuenta de lo aburrida que había sido siempre su vida, como si estuviera esperando que ocurriese algo.

Y había ocurrido.

«Te han secuestrado», se recordó a sí misma, sintiendo una oleada de pánico.

«Esta no es una aventura romántica. Este hombre te ha secuestrado y tienes que escapar».

–Quiero que me dejes ir.

Él arqueó una ceja.

–¿Dónde irías? ¿Al desierto?

–Quiero que me lleves de vuelta al palacio.

–Tú sabes que eso es imposible.

–¿Y por qué voy a saberlo?

–Han pasado demasiadas cosas –respondió él–. Bebamos –dijo luego, tomando una jarra para servir un líquido de color lechoso en dos vasitos dorados.

–¿Qué es eso? –preguntó Olivia, mirándolo con recelo.

–*Arak* mezclado con agua. Imagino que lo habrás probado alguna vez.

–No –respondió ella. Nunca bebía alcohol, solo alguna copa de champán en Navidad, cuando era adolescente.

–Venga, pruébalo, es muy refrescante –el hombre sonrió, mostrando unos dientes muy blancos y perfectos.

Olivia se quedó inmóvil. No podía sentarse y tomar una copa con su secuestrador, era absurdo.

–Por razones obvias, me niego a aceptar comida o bebida que vengan de ti.

–¿No me digas? –replicó él, con cierta irritación–. Creo que ya no es momento de mostrarse petulante.

¿Petulante? Olivia hizo una mueca. La verdad era que tenía hambre y sed. En realidad, no creía que hubiese drogado la comida y no tenía sentido morirse de hambre solo para fastidiarlo.

Suspirando, se sentó frente a él y tomó el vaso que le ofrecía. Cuando sus dedos se rozaron sintió un escalofrío por todo el brazo, como una descarga eléctrica. Y el hombre se dio cuenta. Olivia lo vio en el brillo de sus ojos y se puso colorada. Era tan inocente, tan torpe. Ni siquiera podía esconderlo. Y que se sintiera atraída por él, su secuestrador...

Era una debilidad, algo irracional.

—Pruébalo —insistió él.

Olivia se llevó el vaso a los labios, consciente de su mirada indolente y especulativa mientras tomaba un sorbito.

—Sabe a regaliz.

—Es por el anís. ¿Te gusta?

Ella tomó otro sorbito, dejando que el líquido dulzón la calentase por dentro.

—Yo... no sé qué decir.

Él rio suavemente y Olivia bebió un poco más, buscando el valor que le daba el licor, aunque el sentido común le decía que no debería seguir bebiendo. Lo último que quería era estar indefensa frente a aquel extraño, por atractivo que fuera. Era un hombre peligroso y emborracharse sería una locura.

—Así que nunca habías probado el *arak* —comentó él—. Me alegra haber podido ofrecerte una experiencia nueva.

—¿Ah, sí?

Olivia dejó el vaso sobre la mesa. Solo había tomado un par de sorbos, pero el alcohol empezaba a relajarla y eso era peligroso porque el hombre la miraba con una mezcla de especulación y... deseo. Como ella, absurdamente, lo deseaba a él.

Ese pensamiento aceleró su corazón. Era ingenua, sí, totalmente inocente, pero incluso ella podía ver un brillo de pasión en sus ojos. Aunque no podía creer que un hombre tan poderoso, sensual y atractivo la desease...

No debería querer que su secuestrador se sintiese atraído por ella, pero la confusión y el miedo se mezclaban con un anhelo desconocido.

—¿Dónde estamos? —le preguntó.

—En el desierto.

—Eso ya lo sé, ¿pero dónde? ¿Seguimos en Abkar?

Él inclinó a un lado la cabeza, mirándola de arriba abajo. No estaba tocándola y, sin embargo, Olivia sentía como si lo hiciera. Experimentaba un cosquilleo en los pechos, los muslos, los labios. Nunca se había sentido tan consciente de su cuerpo y ese cosquilleo imparable le hacía olvidar el sentido común.

Tomaría otro sorbito del líquido con sabor a anís, decidió. Necesitaba distraerse de esa reacción tan extraña e inapropiada.

—No, no estamos en Abkar —respondió él por fin—. Estamos en Kalidar.

El país del prometido de Halina, el príncipe Zayed al bin Nur. ¿Su secuestro estaría relacionado con el futuro matrimonio de la princesa? ¿Lo habría organizado Fakhir Malouf, el ministro que asesinó a la familia real para usurpar el poder?

Olivia apretó el vaso, asustada. Había oído cosas terribles sobre Malouf, un tirano sin compasión, un asesino. Su secuestrador no parecía vasallo de nadie... ¿pero quién era?

Él debió notar su angustia porque se inclinó hacia delante esbozando una sonrisa.

—Te he dicho que no debes tener miedo. Sé que no hemos empezado con buen pie, pero puedes confiar en mí. No voy a hacerte daño.

–Me has sacado del palacio a la fuerza –le recordó Olivia, alegrándose de que su voz sonase firme–. ¿Por qué no iba a tener miedo? ¿Y por qué iba a confiar en ti?

–Ha sido necesario. Desagradable, pero necesario.

–¿Por qué?

–Porque ya había esperado suficiente y no podía esperar más. Pero no debemos preocuparnos por asuntos políticos esta noche, *hayete*.

«Mi vida».

Que usara ese término cariñoso la tomó por sorpresa y la hizo sentir extrañamente expuesta, como si sus palabras hubieran revelado el deseo que intentaba esconder.

Olivia parpadeó, deseando no haber tomado tanto *arak*. Estaba temblando, y no solo por el alcohol. El efecto que aquel hombre ejercía en ella era más embriagador que el anís. Era ilógico que reaccionase de esa forma ante un extraño tan peligroso y, sin embargo...

No podía negarlo. La afectaba profundamente y lo peor de todo era que él lo sabía.

Esbozando una sonrisa, él se inclinó hacia delante y cortó un trozo de queso. Se lo ofreció sin dejar de sonreír y Olivia tuvo que tragar saliva.

–Deberías comer algo. Has bebido demasiado *arak*.

–Yo... bueno... –murmuró ella, dejando el vaso sobre la mesa.

Tras un segundo de vacilación, tomó el pedazo de queso. Era delicioso, fresco y un poco picante. Y estaba hambrienta. El viaje a caballo le había abierto el apetito.

–Bueno, ¿no?

–Sí, muy bueno.

Él cortó otro pedazo de queso y se lo metió en la boca.

–Prueba las uvas –dijo luego, tomando un racimo del plato.

Olivia estaba hipnotizada por sus largos dedos. Todo en aquel hombre era tan sensual, tan sexual. No podía dominar el calor que sentía en el vientre, la tensión que parecía bailar en el aire. Todo era tan extraño para ella y, sin embargo, tan maravilloso.

No había otra forma de describirlo. Sentía como si hubiera bebido una especie de elixir que flotaba por sus venas. Y quería más, quería los fuegos artificiales, la lava derritiéndose en su interior, aunque el sentido común le decía que parase, que se apartase inmediatamente.

Alargó una mano para tomar el racimo, pero él negó con la cabeza mientras arrancaba una uva, mirándola con un brillo desafiante en los ojos.

–Abre la boca –dijo en voz baja.

Olivia abrió los ojos de par en par. La invitación era tan descarada. Claro que no era una invitación sino más bien una orden que debería desobedecer. Debería exigir que la liberase, mostrarse indignada y furiosa, incluso asustada. Cualquier cosa menos mostrar debilidad y obediencia, como si fuera esclava de su propio deseo. Estaba siendo cómplice de aquello que ocurría entre ellos y no podía evitarlo. Sin decir nada, mirándolo a los ojos, Olivia abrió la boca.

Zayed esbozó una sonrisa de triunfo cuando Halina abrió los labios. Era una criatura seductora, aparentemente sin artificio... y tal vez era así. Tal vez debería confiar en ella, aunque no solía hacerlo nunca. No confiaba en nadie, ni siquiera en las personas más cercanas a él, porque no podía permitírselo. Pero la inocencia de su flamante esposa parecía genuina, sus reacciones auténticas, incluso un poco torpes. No parecía esconder nada.

Puso la uva sobre sus labios y, al hacerlo, rozó su labio inferior con el pulgar. Halina suspiró mientras se metía la fruta en la boca. En sus tormentosos ojos azules se reflejaba cada emoción, cada sensación, el sabor de la uva, el roce de sus dedos...

–Deliciosa –murmuró Zayed.

El pelo oscuro caía en cascada sobre sus hombros. Bajo el escote de la túnica podía ver el nacimiento de sus pechos y tuvo que tragar saliva. Era deliciosa, sí, y estaba deseando devorarla.

Y no esperaría. Hassan podría haber enviado a sus soldados para rescatar a su hija y era primordial que aquel matrimonio no pudiera ser impugnado. Tenía que consumarlo y, a juzgar por la reacción de Halina, ella estaba de acuerdo. Tímida tal vez y, sin duda, inocente, pero no parecía rechazarlo.

–¿Por qué haces esto? –le preguntó ella entonces.

–Porque te encuentro muy deseable, *hayete*.

El término cariñoso le salió de forma espontánea. Ella era la clave de su vida, de sus ambiciones, de sus deseos. Y, aunque estaba tenso de deseo, eso era lo que debía recordar. Aquel matrimonio era esencial para recuperar su trono, su herencia, su vida.

–Pero... –la punta de su lengua asomó entre los jugosos labios y Zayed tuvo que hacer un esfuerzo para contenerse–. Pero si ni siquiera me conoces.

–Sé todo lo que tengo que saber. Esto iba a pasar

tarde o temprano, *hayete*, tú lo sabes. Fue decretado hace muchos años porque estaba escrito en las estrellas.

Un lenguaje demasiado florido para lo que había sido un compromiso por poderes cuando los dos eran demasiado jóvenes, pero era un medio para lograr un fin. Su esposa pareció asustada por un momento... y luego tímidamente complacida por sus palabras.

–¿Por eso me has secuestrado?

–Por supuesto –respondió él–. Vamos –dijo luego, levantándose y tirando de su mano.

–¿Qué...? –susurró ella, con voz entrecortada–. ¿Qué quieres de mí?

–Quiero hacerte el amor lenta y dulcemente –Zayed puso las manos sobre sus hombros e inclinó la cabeza para rozar su frente con los labios. Era tan delicada y su piel era tan suave–. ¿Tú también lo deseas?

–Yo no... yo nunca...

Él rio suavemente mientras besaba su cuello. Olía a limones.

–Lo sé, *hayete*.

–Pero no puedes haberme traído aquí para eso...

No terminó la frase. Un gemido escapó de su garganta cuando Zayed puso una mano en su cintura y la deslizó lentamente hacia arriba.

–¿Y si fuera así? –murmuró, rozando sus pechos con la punta de los dedos. Tenía que ir despacio, pero no era fácil. De hecho, era mucho más difícil de lo que había esperado. Su cuerpo exigía satisfacción y su esposa parecía tan dispuesta, tan entregada. Estaba temblando, mirándolo con anhelo.

–Eso has hecho...

¿Imaginaba que era un caballero andante que la había secuestrado porque no era capaz de esperar más para hacerla suya? La idea era risible, pero si eso lo ayudaba, mejor para los dos. La deseaba intensamente y eso era suficiente para él.

—Eso he hecho —le aseguró, antes de apoderarse de sus labios.

Capítulo 3

EL BESO le robó el aliento y también un poquito de su alma. Era su primer beso y se le doblaron las piernas. Las sensaciones eran tan nuevas para ella que estaba trastornada. No había esperado que ocurriera algo así. Nunca había pensado que experimentaría aquello. Estaba siendo seducida y no era capaz de resistirse. No quería hacerlo. El deseo que corría por sus venas como un río ardiente era demasiado impetuoso.

Una vocecita le decía que aquel hombre era peligroso, su enemigo, su secuestrador, pero Olivia no quería escucharla. Le daba igual. Aunque solo fuera una noche y el extraño la utilizase para descartarla después, no podía darle la espalda a aquella sensación. Porque por fin había despertado después de una vida entera estando dormida.

Sentía... sentía tantas cosas maravillosas.

Tentativamente, aprendiendo los pasos de aquel intrincado baile, levantó los brazos para ponerlos sobre sus hombros, rozando su cabeza con la punta de los dedos. Se apretó contra él, disfrutando del roce del duro torso masculino... y más que eso. Aun siendo inocente, reconoció el insistente latido de su erección. Había visto suficientes películas, y leído suficientes novelas románticas, como para saber lo que era.

Un gemido escapó de su garganta cuando él dio un paso atrás. Parecía casi tan sorprendido como ella. Los dos respiraban agitadamente, mirándose en una nube de aturdimiento y deseo. El aire parecía echar chispas.

–Ven a la cama –dijo él, tirando de su mano.

Olivia vaciló durante un segundo, un momento de cordura. ¿De verdad estaba dispuesta a entregarle su virginidad a un extraño? ¿Haría eso, el acto más íntimo y sagrado, con un hombre al que no conocía, que la había secuestrado, que estaba utilizándola, por amable que pareciese? Y, sin embargo, la deseaba. Eso no era mentira. La deseaba... y a ella le encantaba la sensación de ser deseada.

–No tengas miedo, *hayete*. Recuerda lo que he dicho: no voy a hacerte daño. Te doy mi palabra de honor.

Hablaba como si la conociese, como si hubiera estado esperando aquel momento, aunque Olivia sabía que no podía ser. Solo eran palabras y, sin embargo, las creía. Estaba segura de que no iba a hacerle daño. Una noche y nada más, sin remordimientos. Le daba igual quién fuera. Lo único que importaba era lo que la hacía sentir.

Él debió intuir su rendición porque Olivia vio un brillo de triunfo en sus ojos cuando tiró de ella para aplastarla de nuevo contra su torso.

–Eres preciosa. Y muy deseable.

Nadie le había dicho eso nunca. Era demasiado delgada, demasiado callada, demasiado insípida. Ella no tenía las generosas curvas de Halina ni sus gruesos labios o su risa contagiosa. Nadie se había fijado nunca en ella.

Hasta ahora.

Tímidamente, puso las manos sobre su torso y sintió los latidos de su corazón.

–Tú también.

Él tomó su mano y se la llevó a los labios para besarla, sin dejar de mirarla a los ojos.

–Entonces hacemos buena pareja –murmuró, besando cada uno de sus dedos hasta que se le doblaron las rodillas. Después, sin dejar de sonreír, la tendió sobre el suave colchón y se tumbó a su lado–. Eres preciosa, pero quiero verte entera... ¿puedo?

Olivia temblaba de arriba abajo.

–Sí –musitó, incapaz de decir nada más.

Él tiró de las cintas de la túnica, revelando la sencilla camisola que llevaba debajo. En silencio, levantó la camisola y acarició sus pechos, rozando un pezón con el pulgar...

Olivia cerró los ojos, estremecida. Nunca la habían tocado así, tan íntimamente,

–¿Te gusta? –murmuró.

–Sí –respondió ella, casi sin voz.

Cuando inclinó la cabeza para envolver el pezón con los labios Olivia dio un respingo. El roce de su boca, húmeda y ardiente, enviaba dardos de sensaciones por todo su cuerpo. Agarró su cabeza, sin saber si quería sujetarlo o apartarlo. Aquello era demasiado. Sus terminaciones nerviosas eran como un cable pelado, pero quería más. Las novelas y las películas nunca habían logrado describir esa sensación arrebatadora.

Y entonces él bajó la cabeza y fue besando su abdomen, su ombligo y luego más abajo.

Olivia se puso tensa cuando abrió sus muslos con las rodillas. Pero no iría a...

Estaba haciéndolo, su cálido aliento abanicando el triángulo de rizos entre sus piernas.

Un largo suspiro escapó de su garganta cuando la

besó allí, de la forma más íntima posible. Un placer desconocido corría por sus venas y, sin darse cuenta, levantó las caderas mientras enredaba los dedos en su pelo, ardiendo de pasión. Nunca, jamás, había sentido nada así. El deseo la consumía, él la consumía.

Dejó escapar un grito ahogado cuando el placer explotó en su interior, envolviéndola, atravesándola como un rayo. Cuando volvió a la realidad, todo parecía confuso, nebuloso. Él se había incorporado y la miraba a los ojos, sonriendo.

—Y esto es solo el principio.

¿Solo el principio? A ese paso, iba a matarla de placer.

—No pongas esa cara de incredulidad, *hayete*. Pienso hacer que no olvides nunca esta noche.

Ya lo había conseguido, pensó Olivia.

Sin dejar de sonreír, él se quitó la túnica y le quitó a ella el resto de la ropa. La abrazó entonces, sus cuerpos unidos, desnudos, piel con piel, sus miembros enredados. Era tan íntimo estar apretada contra alguien así, completamente desnuda, expuesta, como una ofrenda. Y él tomó esa ofrenda, mirándola de arriba abajo con un brillo de deseo en los ojos. Le gustaba lo que veía y eso la emocionaba.

—Tócame —le pidió con voz ronca.

Ella lo miró, sorprendida. Luego, indecisa, deslizó las manos por sus anchos hombros, por la satinada piel de su espalda. El miembro masculino palpitaba rozando su cadera, excitándola y asustándola al mismo tiempo, pero él le dijo que no tuviese miedo y, por alguna razón, eso la tranquilizó.

—Tócame —repitió con voz jadeante.

Y Olivia supo a qué se refería. Sintiéndose tímida y

atrevida al mismo tiempo, deslizó una mano hasta la latente erección. Notó que él contenía el aliento cuando empezó a acariciarlo y casi no podía creer que pudiese provocar esa reacción en un hombre tan fiero y hermoso.

Volvió a besarla entonces, pero el beso era más crudo y primitivo, provocando un insistente latido dentro de ella que exigía satisfacción... otra vez.

—Estás lista —susurró, deslizando los dedos por sus húmedos pliegues, haciéndola suspirar.

Lentamente, se deslizó dentro de ella, llenándola de un modo sorprendente y totalmente abrumador. Olivia gritó mientras intentaba acomodarlo, pero esa invasión era algo tan nuevo para ella...

Él se detuvo entonces, con la frente cubierta de sudor, como si quisiera darle tiempo para acostumbrarse a esa sensación tan poco familiar.

—¿Te duele? —le preguntó entre dientes, haciendo un esfuerzo para contenerse.

Olivia negó con la cabeza. Estaba demasiado impresionada como para hablar, demasiado trastornada. El placer que había drogado sus sentidos empezaba a ser reemplazado por la preocupación al comprender la enormidad de lo que estaba haciendo. Lo que ya no podía ser deshecho.

Como si hubiera leído sus pensamientos, él apartó un mechón de pelo de su frente y se inclinó para besarla, el gesto tan íntimo como la palpitación de su miembro dentro de ella.

—No pasa nada, *hayete*. No debes sentirte avergonzada.

Olivia intentó relajarse. Su cuerpo aceptaba instintivamente la viril invasión y sus palabras eran el bálsamo que necesitaba. Suspirando, le echó los brazos al cuello y se apretó contra el torso desnudo, gimiendo al sentir que se enterraba más profundamente en ella. Era como si estuviese invadiendo no solo su cuerpo sino su alma.

–Por favor –susurró. Necesitaba algo, pero no sabía qué–. Por favor...

Y él empezó a moverse, cada embestida, cada deliciosa fricción provocando olas de sensaciones que parecían envolverla por entero. Notó la palpitación del miembro masculino cuando se dejó ir y gritó de placer sin poder evitarlo. Sentía como si estuviera disolviéndose en diminutos fragmentos y un sollozo de felicidad escapó de su garganta mientras apoyaba la cara en el hombro masculino, estremecida.

Jadeante, Zayed abrazó a su esposa mientras sollozaba, abrumada por la experiencia. Y también él estaba abrumado. Había pasado mucho tiempo desde la última vez que se acostó con una mujer, pero nunca había sentido algo así.

¿Era diferente porque sabía que su vida estaba unida a la de aquella mujer para siempre? Halina le daría hijos y sería su reina, pero no había pensado en nada de eso mientras estaba dentro de ella. El deseo de poseerla, de darle placer, había sido arrollador... y eso era peligroso.

Él no necesitaba a nadie y tampoco confiaba en nadie. La traición de Malouf le había enseñado a no confiar, el dolor por la muerte de su familia le había enseñado a no necesitar a nadie.

Zayed se tumbó de espaldas y miró el techo de la tienda mientras Halina permanecía en silencio a su lado, temblando.

–¿Estás bien? –le preguntó por fin.

–Sí –respondió ella, con tono apocado.

–Estupendo.

Ya estaba hecho. Nada podía romper el lazo que habían creado. Era su esposa en todos los sentidos, de modo que se levantó de la cama y empezó a vestirse.

–¿Dónde vas? –le preguntó Halina.

De repente, parecía muy joven y Zayed recordó que solo tenía veintidós años, diez menos que él.

–Tengo cosas que hacer –respondió con más brusquedad de la que pretendía–. Nos veremos después. Si necesitas algo, puedes pedírselo a Suma.

–¿A Suma? Pero si no entiendo una palabra de lo que dice.

Él la miró, impaciente.

–¿Cómo que no la entiendes?

–Suma habla un dialecto que no comprendo –respondió ella, cubriéndose con la sábana.

–No sabía que fuese tan difícil de entender, pero tendrás que acostumbrarte. Aquí no hay nadie más que pueda atenderte.

–Pero... ¿qué vas a hacer conmigo? –le preguntó Halina, trémula y valiente a la vez.

–¿Qué voy a hacer contigo? Creo que ya lo he hecho, *hayete*.

Zayed vio que se mordía los labios, avergonzada.

–Quería decir... ¿qué vas a hacer ahora? ¿Por qué me has secuestrado?

–¿Por qué te he secuestrado? Yo creo que es evidente. Te dije que no podía esperar más. Sé que a tu padre no le gustará...

–¿Mi padre...? –lo interrumpió ella, desconcertada–. No entiendo nada. Mi padre ha muerto.

–¿El sultán ha muerto? –Zayed la miró, atónito. ¿Cómo, cuándo? Pero era imposible, él se habría enterado. Los informantes que tenía en el palacio se lo habrían dicho. Pero si ella decía la verdad, si el sultán había muerto, todos sus planes se habrían desbaratado. Hassan no tenía hijos varones y su heredero era un primo lejano, alguien a quien no podía pedir ayuda–. ¿Cuándo ha muerto?

Su esposa lo miraba como si no entendiese nada.

–Murió hace cinco años. ¿Y qué podría tener que ver mi padre con todo esto?

Zayed sentía como si hubiera entrado en una realidad alternativa.

–¿Qué estás diciendo?

–¿Por qué te importa mi padre? ¿Y quién eres?

Él la miró, perplejo. Ella sabía quién era, tenía que saberlo.

–Soy el príncipe Zayed al bin Nur –respondió por fin.

Halina se había casado con él, se había acostado con él. Por supuesto, sabía que era su prometido, el hombre que debía convertirse en su marido. Y si no lo sabía, ¿por qué se había acostado con él? ¿Por qué se había casado con él?

–Eres Zayed...

Ella había palidecido y lo miraba con un brillo de angustia en los ojos.

–Y tú eres la princesa Halina Amari.

Tenía que serlo. Había visto fotografías... borrosas, sí, pero tenía que ser su prometida. Su esposa.

Sin embargo, ella estaba negando con la cabeza.

–No –susurró–. Yo no soy Halina.

Capítulo 4

OLIVIA empezaba a entender lo que había pasado y estaba horrorizada. Aquel hombre era el príncipe Zayed al bin Nur, el prometido de Halina. Se había acostado con él... y él pensaba que era la princesa. Se la había llevado del palacio creyendo que era su prometida.

–Si no eres Halina, ¿quién demonios eres? –le espetó él, con los dientes apretados.

Tragando saliva, Olivia se agarró a la sábana, más consciente que nunca de su desnudez.

–Mi nombre es Olivia Taylor. Soy la institutriz de las princesas Amari.

Él la miró en silencio durante unos segundos y después empezó a mascullar palabrotas. Olivia dio un respingo, preguntándose si cumpliría su promesa de no hacerle daño.

–Pero entonces... –empezó a decir Zayed, intentando controlar su ira–. ¿Por qué te has acostado conmigo?

–Yo...

No había ninguna excusa, ninguna explicación. Había perdido la cabeza y la virginidad con un extraño. Un extraño que pensaba que era su prometida. Olivia cerró los ojos, avergonzada, deseando borrar todo lo que había pasado en las últimas horas.

Y, sin embargo, no era capaz de lamentarlo. En los

brazos de Zayed se había sentido tan querida. Qué absurdo, pensó entonces. Él ni siquiera sabía quién era. Haberse dejado seducir por aquel hombre era absolutamente bochornoso.

–Yo... –Olivia intentó hablar de nuevo, pero terminó por encogerse de hombros. La realidad era que se había dejado llevar por una simple atracción física, y no era ni tan valiente ni tan tonta como para admitirlo. Aunque debía ser evidente.

Zayed se dio la vuelta bruscamente, pasándose las manos por el pelo.

–¿No sabías quién era?

–No.

–Pero te has acostado conmigo.

–Tú también te has acostado conmigo –replicó ella, armándose de valor. No iba a aceptar toda la culpa–. Y, evidentemente, tampoco tú sabías quién era.

–Evidentemente –repitió él, con tono mordaz–. Pero tú deberías haber corregido el error antes de que hiciésemos los votos.

–¿Los votos? –repitió Olivia con el corazón encogido–. Pero...

–A menos que lo hayas hecho a propósito –la interrumpió Zayed, airado.

–¿Quieres decir que yo quería que me secuestrases? –le espetó ella, indignada–. ¿Estás loco?

No podía creer que estuviese hablando con un príncipe en ese tono. Ella, Olivia Taylor, la invisible institutriz. Pero la situación era irreal y esa sugerencia era tan ridícula e insultante que, por un momento, olvidó quién era y dónde estaba. Y lo que había pasado.

Zayed tuvo el detalle de parecer avergonzado, aunque solo durante un segundo.

–No, entonces no. Pero después tal vez viste una oportunidad y decidiste aprovecharla para mejorar tu situación. ¿Has dicho que eres institutriz?

–No sé de qué estás hablando. Y no veo cómo podría mejorar mi situación estando contigo.

–¿Ah, no?

–No, no lo veo. Pero como no soy Halina y tú no me has secuestrado para pedir un rescate, lo que deberías hacer es llevarme de vuelta al palacio –anunció Olivia, con toda la dignidad de la que era capaz, considerando que estaba desnuda en su cama y a punto de ponerse a llorar. Pero no lo haría, no iba a llorar delante de aquel hombre, aunque ya lo hubiera hecho antes, entre sus brazos.

Aunque hubiera experimentando más emoción y placer que nunca en toda su vida. El recuerdo de lo que había sentido entre sus brazos provocaba un anhelo al que no quería poner nombre.

Zayed la miró en silencio durante unos segundos.

–Evidentemente –dijo por fin con tono seco– eso es imposible ahora mismo.

–¿Por qué es evidente? –Olivia saltó de la cama para buscar la túnica que él le había quitado unos minutos antes, pero no la veía por ningún lado y, a regañadientes, tuvo que ponerse el indecente camisón–. ¿Por qué no puedes llevarme de vuelta a Abkar?

Zayed la miró con los labios apretados y un brillo de rabia y animosidad en unos ojos que parecían de acero. ¿Cómo podía haber pensado que era un hombre amable?

–No sé a qué está jugando, *señorita Taylor* –le espetó, con tono amenazante– pero le aconsejo que deje de hacerlo inmediatamente. Esto no es una broma. Hay millones de vidas en juego.

¿Millones de vidas? Tenía que estar exagerando, pero Olivia no quería debatir el asunto porque parecía realmente furioso.

—No estoy jugando a nada —replicó—. Es usted quien me sacó del palacio, *Alteza*. Es usted quien... —Olivia se interrumpió. «Quien me ha seducido». Pero no podía decirlo porque ella se había dejado seducir, encantada. Ahora le resultaba increíble, pero unos momentos antes había sido como arcilla entre sus brazos, deseando ser moldeada en la forma que él quisiera—. Yo no he pedido nada de esto.

—Al principio no, es cierto —Zayed dio un paso adelante, mirándola con expresión airada—. Pero después prácticamente te has derretido entre mis brazos.

Lo odiaba, definitivamente lo odiaba. Aunque era verdad. Poco antes la había hecho sentir importante, querida, y ahora la hacía sentir como una fulana. Todo en aquella situación era sencillamente horrible.

—Lamento todo lo que ha pasado entre nosotros esta noche —le dijo, intentando hacerse la fuerte—. Más de lo que puedas imaginar.

—No puedes lamentarlo más que yo —le espetó Zayed—. Maldita sea, ¿tú sabes lo que va a costar esto? ¡Todo! —gritó, cubriéndose la cara con las manos—. ¡Todo!

Parecía tan angustiado que Olivia sintió el absurdo deseo de consolarlo.

—¿Es porque le has sido infiel a Halina? No creo que ella espere fidelidad hasta que estéis casados y aún no os conocéis siquiera. Seguro que lo entenderá.

De hecho, seguramente no le importaría nada porque no quería casarse con un príncipe rebelde a quien consideraba un salvaje.

–¿Infiel? –Zayed dejó escapar una carcajada salvaje–. No he sido solo infiel.

–El sultán sabrá que tu intención era secuestrar a su hija y tal vez puedas convencerlo para que no rompa el compromiso.

Se pondría furioso, claro, pero estaba segura de que no se echaría atrás. El sultán, además de ser una persona amable y generosa, era un hombre de palabra. Claro que el honor y la dignidad también eran importantes para él, de modo que no sabía cómo iba a reaccionar.

–¿Tú crees? –Zayed se volvió para mirarla con expresión desdeñosa–. Se subirá por las paredes cuando sepa que logré atravesar las defensas del palacio para secuestrar a su preciosa hija.

–¿Cómo lo hiciste? ¿Por qué estaba abierto el portón?

–Tenemos informantes entre los guardias y uno de ellos ha sido mi espía durante años. Él se encargó de que el portón estuviese abierto.

–Puede que aún no sepan que he desaparecido –dijo Olivia entonces.

No podía creer que quisiera ayudar a aquel hombre. Tal vez porque siempre había sentido la necesidad de ayudar a los demás, de ser necesitada. O tal vez era la conexión que compartían, quisieran o no. Habían sido amantes y eso no era fácil de olvidar. De hecho, ella no lo olvidaría nunca.

–¿Cómo no van a saber que no estás en el palacio? Alguien habrá ido a buscarte.

–No tienen por qué –respondió ella. Le dolía un poco admitirlo, pero era cierto–. Soy la institutriz, no una de las princesas. Halina pensará que me he ido a dormir y nadie me echará de menos hasta mañana, así que podrías llevarme de vuelta ahora mismo.

–No puedo hacer eso –dijo Zayed.

–¿Por qué no? –insistió Olivia, sorprendida y un poco alarmada por la congoja que sintió al pensar en despedirse. Pero era la mejor solución, lo que ella quería. Lo que debería querer. Ninguna otra opción tenía sentido–. Si me llevas ahora, nadie sabrá lo que ha pasado.

–¿Tú no dirías nada? –le preguntó él, incrédulo–. ¿No le contarías al sultán que has sido secuestrada?

–No quiero que nadie sepa lo que ha pasado. Imagino que lo entenderás.

Si Halina supiera lo que había hecho con su prometido...

¿Cómo podía haber sido tan tonta, tan temeraria? Ella no era así.

–Sí, claro, pero...

Durante un segundo, Zayed pareció tentado de aceptar, de hacer que todo aquello quedase olvidado. Los dos querían eso, por supuesto. Y, sin embargo, Olivia sentía una inexplicable tristeza...

Entonces él negó con la cabeza.

–No, es imposible.

–¿Por qué?

Ya no podía dar marcha atrás, pero volver a Abkar era lo mejor, especialmente si nadie sabía nada de su secuestro. En unas horas podría estar en su propia cama, dejando atrás el recuerdo de esa noche para siempre, como si no hubiera pasado. Aunque sabía que nunca, jamás, podría olvidar haber estado entre los brazos de Zayed.

–Por muchas razones –respondió él–. Aunque tú no pareces tomarlas en consideración.

—Entonces tal vez podrías explicármelo en lugar de tratarme como si fuera tonta —le espetó Olivia, impaciente. Ella nunca hablaba en ese tono, pero un extraño coraje parecía animarla.

Zayed miró a la mujer con la que se había casado, su esposa, con una mezcla de frustración y desesperación. Aquello era un completo desastre. Ella no lo sabía, pero no podían enmendar el error tan fácilmente.

—Porque lo sabe demasiada gente. Los soldados del sultán, mi gente, el imán.

El imán que, siguiendo sus instrucciones, habría hecho correr la noticia de su matrimonio por todo Kalidar.

—¿El imán? ¿Qué imán?

—El hombre que nos casó.

Olivia lo miró, boquiabierta.

—¿Casarnos? ¿Pero qué estás diciendo?

—No lo sabes porque no hablas árabe —murmuró él, como para sí mismo.

Ahora entendía por qué había parecido tan desconcertada durante la apresurada boda. Pensó que estaba abrumada, pero la realidad era que Olivia Taylor no sabía que estaban contrayendo matrimonio.

Zayed se sintió avergonzado. ¿Pero por qué no le había revelado ella su identidad? Claro que tampoco él le había dicho quién era. Sencillamente, había pensado que lo sabía, como pensó que sabía que estaban contrayendo matrimonio.

«Di que sí», le había pedido, impaciente. Y eso había hecho Olivia.

Ella se dejó caer sobre la cama, como si le fallasen las fuerzas.

—¿Pero cómo...? ¿Cómo podemos estar casados?

–Muy fácil. Hicimos los votos matrimoniales frente al imán.

–Yo dije que sí.

–Eso es.

–Pero yo no sabía lo que estaba haciendo y, si no lo sabía, el matrimonio puede ser anulado.

Zayed señaló la cama.

–¿No recuerdas lo que acabamos de hacer? Todo el campamento sabe lo que ha pasado aquí esta noche. Nuestro matrimonio ha sido consumado.

Olivia apartó la mirada y él se sintió avergonzado de nuevo. Se había llevado su inocencia. Ella se la había entregado, pero aun así... era importante para una mujer, especialmente en su cultura. Además, no actuaba como si esperase beneficiarse de la situación. Si fuera así, no estaría sugiriendo una anulación.

A menos que estuviese jugando a un juego que él desconocía.

–¿Estás prometida con otro hombre? –le preguntó.

–¿Prometida? –repitió ella, dejando escapar una risa amarga–. No, no hay ningún otro hombre. ¿No podemos divorciarnos, Zayed?

Él negó con la cabeza.

–Yo soy un hombre de honor.

Además, no podía pedir el divorcio sin saber cuál era la situación con el sultán.

–Un hombre de honor no secuestraría a una mujer para robarle su virtud.

–Pensé que eras mi prometida.

–¿Y por eso es aceptable? Yo diría que menos aún.

–Mi intención era consumar un matrimonio que había sido planeado hace diez años. Admito que secuestrar a Halina puede parecer una acción muy drástica, pero te aseguro que era necesario.

—¿Por qué?

Zayed no tenía tiempo para hablar de las razones por las que casarse con Halina, la hija del sultán de Abkar, era necesario. Se estrujaba el cerebro buscando una solución y, lamentablemente, no encontraba ninguna. Estaba casado y se había asegurado de que el matrimonio fuera consumado.

El problema era que se había casado con la mujer equivocada.

¿Cómo podía haber sido tan idiota? Lo que había pasado esa noche era inexplicable. Se había visto empujado por una fiera determinación, un anhelo desesperado. Necesitaba hacerlo y lo antes posible. Y lo había hecho.

Angustiado, se acercó a la mesa para servirse un vaso de *arak*. A su espalda, Olivia rio suavemente.

—Eso fue lo que nos metió en este lío.

—¿Estás diciendo que no te habrías acostado conmigo si no hubieras estado borracha?

—No estaba borracha. Más bien... desinhibida.

Zayed recordó cómo se había arqueado hacia él, suplicándole en silencio que siguiera. Sí, desde luego estaba desinhibida. Y él también. Por un momento, se había olvidado de todo y solo quería estar entre los brazos de Olivia. Su dulce pureza lo había atravesado como una flecha, derrumbando sus defensas durante unos minutos, pero por suerte había sido capaz de volver a levantarlas.

Y ahora tenía que pensar. Se sirvió otro vaso de *arak* y lo bebió lentamente, intentando entender la situación. Tenía que saber si Olivia escondía algo. ¿Habría sabido algo del plan? ¿Habría ido a la habitación de Halina para que se la llevase a ella? Tal vez lo había hecho empujada por su cariño hacia la princesa. Zayed había oído que su prometida no estaba entusiasmada con ese matrimonio. O tal vez había visto la oportunidad de convertirse en reina. La verdad era que no sabía nada sobre ella y tenía razones para sospechar. ¿Qué mujer se acostaba con un extraño sin preguntarle su nombre o decirle el suyo? Y no solo un extraño sino un hombre que la había secuestrado.

—¿Por qué estabas en la habitación de Halina?

—Estaba doblando su ropa —respondió ella.

—Has dicho que eras una institutriz, no una criada.

—Halina y yo estudiamos juntas y nos hicimos amigas. Así conseguí el puesto. Estaba en su habitación, guardando su vestido en el armario como hago todas las noches.

—¿Dónde estaba ella?

—En el saloncito, al otro lado de la puerta. Yo la oía canturrear... —Olivia sacudió la cabeza—. Todo esto me parece irreal.

Y, sin embargo, era muy real. Terriblemente real. Zayed se había sentido cautivado por Olivia cuando la vio a través de los prismáticos. Se había sentido atraído por su esbelta figura, por sus elegantes movimientos...

—Te pareces a ella.

—No, no nos parecemos. Soy una pálida sombra de Halina quizá.

¿Una pálida sombra? Ese era un comentario muy revelador.

—Tenéis el mismo color de pelo.

—Halina es mucho más guapa que yo —insistió Olivia—. Su pelo es más oscuro y rizado... —hizo una pausa, mordiéndose los labios–. Su figura es más voluptuosa. Todo el mundo piensa que es bellísima.

Parecía decir que ella no lo era, pero Zayed no estaba de acuerdo. Le gustaban sus sutiles curvas, sus ojos y su pelo, de un rico tono castaño. Aunque ahora que la estudiaba de cerca, con tranquilidad, sin estar cegado por su determinación de hacerla suya, vio que tenía razón. Ella era de piel más clara, más europea, y un poco más alta y delgada.

¿Por qué no se había dado cuenta antes? Porque estaba demasiado decidido, demasiado desesperado, pensó.

–No hablas árabe –dijo entonces–. Y tu apellido es europeo. ¿Dónde naciste?

–En Inglaterra, pero mi padre era diplomático, así que crecí yendo de un país a otro. Luego, a partir de los once años, estudié en Suiza, con Halina.

–¿Y tu madre?

–Mi madre era española.

«Era».

–¿Eres huérfana?

–Mi madre murió cuando yo era muy pequeña y mi padre hace cinco años, cuando yo tenía diecisiete. Como era amiga de Halina, el sultán me ofreció su protección. Fue muy amable por su parte.

Zayed hizo una mueca. Hassan la había contratado como empleada y eso no era lo mismo que ofrecerle protección, pero Olivia estaba agradecida.

Suspirando, tomó un sorbo de *arak* porque necesitaba embriagar sus sentidos, aunque sabía que no podía permitirse ese lujo. Tenía que encontrar una salida a la trampa en la que se había metido sin darse cuenta, pero la situación parecía irremediable.

–Así que la gente sabe que nos hemos casado –comentó Olivia entonces–. ¿Y qué significa eso para ti? ¿Y para Kalidar?

–No lo sé –respondió él, mirándola en silencio durante unos segundos.

Parecía demasiado buena, demasiado inocente y dispuesta a complacer, como si su problema le importase más que el suyo propio. ¿Esperaría convertirse en la próxima reina de Kalidar? Aunque, por el momento, no podría ofrecerle mucho.

Llevaba diez años viviendo en el desierto porque no había querido dejar el país y darle más poder a Malouf. Y tampoco quería que su gente pensara que los había abandonado. Si Olivia esperaba una vida de lujos iba a llevarse una desilusión... por el momento. ¿Sería esa su intención o se habría sacrificado por Halina, su amiga?

¿Qué quería Olivia?

–Lo siento –dijo ella entonces.

–¿Qué es lo que sientes?

–Tú tienes más que perder en esta situación. A eso te referías cuando has dicho que afectaría a millones de personas, ¿verdad? A la gente de Kalidar. Sé que tu matrimonio con la princesa era importante por razones políticas. No conozco los detalles, claro...

–No tienes por qué.

–¿Pero qué vas a hacer si no puedes casarte con Halina?

Su expresión era tan compungida que Zayed tuvo que contener una carcajada. ¿No estaba exagerando su inquietud por él y su país cuando se había llevado su inocencia y arruinado su reputación?

Pero parecía tan inocente con esos ojos tan brillantes, el cabello despeinado, los labios entreabiertos.

Zayed tuvo que contener una oleada de inconveniente deseo. ¿Sería ese su plan, seducirlo para que siguiera casado con ella? Pues no iba a conseguirlo. No pensaba hacer ninguna promesa. Ya había hecho demasiadas.

—No sé lo que voy a hacer, tengo que pensar —respondió, sintiendo una opresión en el pecho.

Su matrimonio con Halina era esencial. Sin él...

Tenía que hablar con Hassan. Cualquier otra cosa sería un fracaso, la perdición para su reino, para su país. Había demasiado en juego como para preocuparse por los sentimientos de una mujer a la que debía olvidar.

Zayed se levantó de la silla y Olivia lo miró con aprensión.

—¿Dónde vas?

—Fuera. Tengo que pensar.

—¿Y yo... qué debo hacer?

Zayed la miró con un gesto displicente. Seguía recelando de ella. ¿Cómo no? Haberse acostado con él...

Tal vez estaba siendo injusto, pero tenía que serlo. Había demasiado en juego como para confiar en Olivia.

—Puede hacer lo que quiera, *señorita Taylor* —respondió, sarcástico—. Duerma un rato, quédese en la tienda o salga a dar un paseo, pero yo no iría muy lejos. Aquí no hay más que kilómetros de desierto en todas direcciones y no sobreviviría durante mucho tiempo.

Después de formular esa amenaza, Zayed salió de la tienda.

Capítulo 5

OLIVIA se hizo una bola en la cama. No entendía lo que había pasado esa noche y, sobre todo, las consecuencias.

Casada. Estaba casada.

Había sido una tonta por no caer en la cuenta, o al menos sospechar, que ocurría algo extraño. Había tomado parte en una especie de ceremonia y, a pesar de la confusión, había conseguido entender algunas palabras: «compromiso», «responsabilidad», «promesa». Las había oído, pero no había sido capaz de darles sentido. ¿Cómo iba a hacerlo? No sabía que su secuestrador fuera el príncipe Zayed o que la hubiese tomado por Halina.

Pero debería haberse parado a reflexionar. ¿Por qué iba un extraño a secuestrarla a ella, una institutriz? Y lo que había pasado después, por mágico que hubiera sido... no, no podía pensar en ello. No podía ni pensar en lo que significaba.

A través de las paredes de la tienda se filtraban las primeras luces del amanecer, el mundo iluminado de color rosa.

Estaba agotada y necesitaba dormir, como había sugerido Zayed. Y después de eso... no se atrevía a pensar qué le depararía el futuro.

Se estiró en la cama, respirando el aroma ya familiar

de Zayed. El colchón de plumas aún tenía la marca de su cuerpo. Cerró los ojos, intentando conciliar el sueño, pero su mente hervía de recuerdos y sensaciones.

A pesar de su agitación, por fin se quedó dormida y, cuando despertó unas horas después, tardó un momento en recordar dónde estaba o lo que había pasado. Se quedó inmóvil, parpadeando mientras miraba el techo de la tienda, desconcertada.

Entonces lo recordó todo y cerró los ojos, haciendo un montaje mental de la noche anterior: el momento en el que Zayed entró por la ventana de la habitación, formidable y aterrador, pero con esos ojos tan dulces. Cuando la lanzó por la ventana a la oscuridad de la noche, la interminable cabalgata por el desierto. Y luego...

Olivia dejó escapar un suspiro. Incluso ahora podía sentir el calor de los labios de Zayed moviéndose persuasivamente sobre los suyos, sus expertas caricias... parecía saber dónde y cómo tocarla para que respondiese y esa lujuria era tan nueva para ella. No se había hecho preguntas, no había querido saber. Sencillamente, deseaba y había tomado. O se había dejado tomar.

Debía ser media mañana porque hacía mucho calor y el camisón que se había puesto por la noche se le pegaba al cuerpo. Se sentó en la cama y dejó escapar un gemido cuando empezó a darle vueltas la cabeza, sin duda por el alcohol, al que no estaba acostumbrada. Fuera de la tienda oía ruidos de actividad, hombres hablando a gritos, risas, el relincho de un caballo.

¿Qué iba a pasar ahora?, se preguntó.

Un minuto después, Suma entró con una bandeja y, al verla en la cama, sonrió con gesto complacido.

–Se ha puesto el camisón –le dijo, en árabe. Zayed debía haberle explicado que no entendía su dialecto.

¿Qué más le habría contado? ¿Cuánta gente sabría lo que había ocurrido en la tienda por la noche? Olivia temía que todo el campamento lo supiera y se puso colorada hasta la raíz del pelo.

–Sí –murmuró mientras Suma dejaba la bandeja sobre la mesa.

Apenas había comido nada la noche anterior, solo unas uvas y un poco de queso. Recordar cómo Zayed había metido una uva en su boca hizo que se ruborizase de nuevo. ¿Cómo podía haberle permitido esas libertades? ¿Por qué no se había parado a pensar?

–Ha sido una buena noche –dijo Suma, con tono satisfecho, mientras Olivia se sentaba a la mesa y empezaba a comer. Había *labneh*, un queso de yogur con zumo de limón, habitas con menta y pepino, y dátiles sazonados con cardamomo. Todo tenía un aspecto delicioso–. Una novia necesita comer –comentó la mujer, sonriendo de oreja a oreja–. Especialmente si hay un *nunu*.

Olivia no conocía esa expresión, pero entonces vio que se llevaba una mano al vientre...

Un bebé. Especialmente si hay un bebé. Si Zayed la había dejado embarazada. Eso era lo que estaba diciendo.

Miró a Suma sin poder disimular su horror, pero la mujer rio alegremente mientras salía de la tienda.

¿Y si estaba embarazada?

Era posible, pensó, sintiéndose enferma. Incluso siendo virgen, sabía que estaba en un momento óptimo de su ciclo. Podría estar embarazada del príncipe Zayed al bin Nur.

Le daban ganas de ponerse a gritar o a llorar. ¿Cómo podía haber sido tan insensata? Veintidós años viviendo sin dar ningún escándalo, y lo había arriesgado todo en unas horas, con un extraño. Era como si la noche anterior se hubiera convertido en otra persona.

El problema era que no podía seguir siendo esa otra persona porque no lo era. Ella era la sencilla Olivia Taylor, pero estaba casada con un príncipe y podría estar esperando un hijo suyo. Se habría reído de esa locura si no tuviese un nudo en la garganta.

Pero necesitaba comer, con *nunu* o sin él, y casi había terminado de desayunar cuando Suma volvió con una túnica y un pantalón.

–¿Quiere asearse? –le preguntó la mujer–. El oasis tiene una zona privada.

Olivia asintió. Aunque le daba vergüenza enfrentarse con un campamento lleno de extraños, le gustaría ver algo más que el interior de la tienda.

–¿Alteza?

Zayed intentó disimular su mal humor cuando vio a Jahmal en la entrada de su tienda, mirándolo con expresión respetuosa, pero inquisitiva. ¿Sabría del error? ¿Sabría que se había casado con la mujer equivocada?

–¿Todo fue... bien? –le preguntó.

Él estuvo a punto de soltar una carcajada, aunque no había nada remotamente gracioso en la situación. Nada en absoluto. Llevaba horas intentando encontrar una salida, una solución. Si hubiera secuestrado a Halina no estaría allí maldiciendo su mala suerte y su propia estupidez.

–Todo bien –murmuró, agotado. No había dormido

en veinticuatro horas y seguía sin encontrar una solución. ¿Enviar un emisario a Abkar? ¿Pero cómo iba a explicárselo al sultán?

—¿La princesa está contenta? —le preguntó Jahmal.

Zayed soltó una amarga carcajada. ¿Qué otra cosa podía hacer? No había ninguna pared que golpear, ninguna forma de aliviar su furia. Después de diez años de guerra, de muerte, de dolor, se preguntaba si la última década no había sido más que un fracaso. Y ahora aquello.

—No sé qué siente la princesa porque no está aquí.

Su consejero frunció el ceño.

—No entiendo.

—Secuestré a la mujer equivocada. A una institutriz, no a la princesa Halina —le explicó Zayed, notando que le ardía la cara. ¿Cómo podía haber sido tan idiota?

—La mujer equivocada... —repitió Jahmal, poniéndose pálido—. ¿Pero ella no le dijo...?

—No, ella no me dijo nada. Y tampoco protestó durante la boda.

Llevaba horas dándole vueltas a la situación y empezaba a creer que sus sospechas eran correctas. Había sido culpa suya secuestrar a la mujer equivocada, ¿pero por qué no había dicho nada Olivia? Había tenido muchas oportunidades. ¿Por qué no le había preguntado quién era al menos? No podía dejar de pensar que había visto una oportunidad y había decidido aprovecharla.

Solo había una forma de averiguarlo. Daría igual, pero al menos tendría la conciencia tranquila cuando le dijese que iba a divorciarse de ella para casarse con Halina en cuanto tuviese oportunidad. Y que ella lo ayudaría a conseguirlo.

Pero cuando fue a buscarla a su tienda, Suma le dijo que Olivia había ido a bañarse al oasis.

Muy bien, iría a buscarla. El campamento estaba levantado alrededor de un oasis en forma de riñón, con discretos rincones disimulados por altos juncos. Olivia habría ido a uno de ellos, seguramente el más alejado.

Zayed recorrió el camino flanqueado por palmeras y se detuvo sobre una duna. Olivia estaba metida en el agua hasta la cintura, completamente desnuda. Se quedó sin aliento al ver ese cuerpo tan esbelto, de curvas suaves, la luz del sol dándole un brillo dorado.

Estaba escurriendo un paño sobre su cabeza, dejando caer las gotas de agua por su espalda desnuda...

El deseo nació con una fuerza incontenible, pero Zayed apretó los puños. La noche anterior se había dejado llevar por aquella mujer y eso podría haber sido su perdición. No volvería a ocurrir, se prometió a sí mismo.

Debió hacer algún ruido porque Olivia giró la cabeza y, al verlo, lanzó un grito de horror mientras se cubría con el paño.

Zayed esbozó una sonrisa irónica. Su virginal indignación era demasiado melodramática para ser convincente, especialmente después de lo que habían hecho unas horas antes.

—No hace falta que te tapes —le dijo cuando llegó al borde del agua—. Ya lo he visto todo.

—Pero no tienes que volver a verlo —replicó ella, cubriéndose con una toalla.

Zayed se cruzó de brazos. Daba igual que tuviese un aspecto encantador con el pelo mojado enmarcando su rostro. Daba igual que lo mirase con esos ojazos azules o que esas pestañas tan largas lo tentasen. Todo daba igual.

—Enviaré un emisario a Abkar para que le explique la situación al sultán.

Le pareció ver un brillo de decepción en los ojos azules y eso acrecentó sus sospechas.

—¿Vas a contarle *todo* lo que ha pasado? —le preguntó ella.

—Imagino que ya habrá rumores y yo no soy un mentiroso. Seré sincero con Hassan y tú también.

—¿Yo?

—Le escribirás una carta explicando lo que ha pasado y le dirás que tú no corregiste el error.

Olivia lo miró, indignada.

—Yo no sabía que era mi responsabilidad decirle mi nombre al hombre que estaba secuestrándome porque pensé que lo sabía —le espetó, poniéndose en jarras. Al hacerlo, la toalla se deslizó un poco y Zayed vio el tentador nacimiento de sus pechos—. ¿Cuándo debería habértelo dicho, cuando me tiraste por la ventana o cuando me tapaste la boca y me subiste a un caballo?

—Yo te quité el pañuelo de la boca —le recordó él.

—¿O cuando me hiciste tomar parte en una ceremonia de matrimonio sin haber intercambiado dos palabras conmigo? —siguió Olivia, como si no hubiese hablado—. Yo no sabía que habías secuestrado a la mujer equivocada.

—Pero deberías haber imaginado que no era mi intención secuestrar a una simple empleada.

—Una simple empleada —repitió ella, enfadada. Zayed torció el gesto, intentando no sentirse culpable. Solo estaba diciendo la verdad, no quería insultarla—. Pues lo siento, pero estaba demasiado asustada como para pensar en nada más.

—¿Y después? ¿Por qué no dijiste nada cuando estábamos en la tienda, comiendo y bebiendo?

Olivia se puso colorada.

–¿Qué debería haber dicho?

–Podrías haberme dicho quién eras o podrías haberme preguntado quién era yo. Podríamos haber evitado la consumación del matrimonio y todo sería más sencillo –Zayed la miró con gesto suspicaz–. A menos que no tuvieras intención de revelar tu identidad, claro. O que supieras quién era yo.

–¿Qué quieres decir?

–Que te has aprovechado de la situación.

Olivia se quedó inmóvil, mirándolo con los ojos muy abiertos.

–Me he aprovechado – repitió unos segundos después.

–Sí, te has aprovechado. Eres una institutriz, esencialmente una criada en el palacio, y viste las ventajas de convertirte en mi mujer, de ser una reina.

–¿Reina de qué? –replicó ella, desdeñosa–. ¿De un montón de tiendas en medio del desierto?

Zayed dio un respingo.

–Recuperaré mi herencia, lo que es mío. Te lo prometo.

–¿Cuándo? ¿Y por qué iba yo a arriesgarme de ese modo? –le espetó Olivia mientras salía del agua–. Es despreciable sugerir algo así.

–¿Y qué debo pensar entonces? Tuviste muchas oportunidades de decirme quién eras...

–¡No sabía que tuviese que decir nada!

–Caíste en mis brazos con mucha facilidad, demasiada.

–Y siempre me sentiré avergonzada por ello –dijo ella, con lágrimas en los ojos–. Creas lo que creas, esa es la verdad.

–¿Qué mujer se acuesta con su secuestrador sin conocer su nombre siquiera?

–¿Qué hombre seduce a una mujer sin comprobar su identidad? –replicó Olivia–. Admito que me dejé seducir con demasiada facilidad, pero fuiste tú quien me secuestró. Fuiste tú quien me sacó de mi casa a la fuerza...

–No te forcé a acostarte conmigo –la interrumpió él.

–Yo no he dicho que lo hicieras, pero no me dijiste que íbamos a casarnos.

–Pensé que lo sabías.

–Pues te equivocaste y ahora tendrás que pagar por ello, igual que yo –Olivia intentó pasar a su lado, pero Zayed la sujetó del brazo.

–No hemos terminado.

Furiosa, ella se dio la vuelta para replicar y la toalla resbaló, revelando sus pechos, dorados y perfectos. A pesar de todo, o tal vez por ello, Zayed no fue capaz de contenerse. Tiró de ella suavemente y Olivia no se resistió. Al contrario, dio un paso adelante, con los labios entreabiertos. Sería muy fácil besarla, pero su inmediata conformidad lo enfureció.

–Incluso ahora estás dispuesta –la acusó, soltando su brazo con un gesto de disgusto.

–Y tú también –le espetó ella, cubriéndose con la toalla–. No lo niegues.

–No, ya no –dijo Zayed con frialdad.

Dio media vuelta para alejarse del oasis, pero se detuvo al ver a Jahmal sobre las dunas. ¿Habría presenciado toda la escena?

–Alteza –dijo el hombre, mirando un momento a Olivia–. Perdone la interrupción, pero acabamos de recibir un mensaje sobre Malouf.

–¿Qué ha pasado?

–Ha atacado un campamento a dos horas de aquí y hay varios heridos.

Zayed masculló una palabrota. Malouf había provocado aquella sangrienta guerra, convirtiendo en víctimas a los más inocentes.

–Vamos ahora mismo –anunció.

–¡Espera! –gritó Olivia.

Él se dio la vuelta, impaciente.

–¿Qué quieres?

–Llévame contigo.

Capítulo 6

OLIVIA vio un brillo de impaciencia en los ojos de Zayed. No quería llevarla, estaba claro. Ella era un problema, una carga. Al parecer, la despreciaba por haber cedido a sus demandas la noche anterior, como se despreciaba ella misma.

Y, sin embargo, no quería ser abandonada. No sabía cuándo volvería Zayed o si volvería. Podría dejarla allí, convenientemente olvidada, mientras se dedicaba a resolver sus problemas políticos. Además, quería hacer algo, ser útil, en lugar de quedarse allí dándole vueltas a la situación. Si iba con él, tal vez podría ayudar.

—Llévame contigo —repitió—. Tengo entrenamiento en primeros auxilios y puedo ayudar si hay heridos. Puedo ser útil, de verdad.

Zayed apretó los labios.

—Pero no hablas árabe.

—Puedo hacerme entender —Olivia levantó la barbilla en un gesto retador. Temía que la dejase allí, rodeada de extraños. Zayed podría odiarla en ese momento, pero al menos la conocía. De hecho, la conocía demasiado bien.

Él pareció pensarlo un momento y después asintió con la cabeza.

—Muy bien. Suma se encargará de darte ropa apropiada. Jahmal irá a buscarte en cinco minutos.

Cuando se alejó del oasis, seguido de su consejero, Olivia dejó escapar un suspiro de alivio. No sabía en qué se había metido, pero cualquier cosa era mejor que quedarse allí, esperando sin hacer nada.

Suma le proporcionó ropa para el viaje y se vistió a toda prisa. Estaba decidida, pero le temblaban las manos mientras ataba los cordones de las botas.

La absurda acusación de Zayed la llenaba de vergüenza y de furia. ¿Cómo podía pensar que ella había planeado aquello? ¿Pero qué iba a pensar si se había acostado con él sin protestar? No sabía qué era peor, que pensara que era una buscavidas o una libertina.

Cinco minutos después, Jahmal fue a buscarla a la tienda y Olivia lo siguió, con el corazón acelerado.

Zayed estaba esperando frente a un jeep. Tenía un aspecto fiero con botas de combate y una camisa de camuflaje que destacaba su ancho torso y sus fuertes brazos. La miró de arriba abajo con una expresión indescifrable y después le indicó con la cabeza que subiera al asiento trasero. Él subió al asiento del conductor y Jahmal se sentó a su lado.

El cielo era de un azul radiante, un sol de justicia iluminando el interminable desierto. Mientras el jeep se alejaba del campamento, Olivia percibió el total aislamiento de aquel sitio. No había más que dunas ondulantes en el horizonte, salpicado de enormes rocas. Sentía como si estuviera en otro planeta.

El jeep iba dando tumbos sobre la arena y Olivia se apoyó en el respaldo del asiento, agotada después de la confrontación con Zayed.

¿Qué iba a hacer con ella? Había dicho que enviaría un emisario al palacio con una carta. ¿Pero qué podía decir en esa carta? ¿Volvería a contratarla el sultán al saber que se había acostado con el prometido de su hija? Pensar que podría quedarse sin trabajo y sin referencias era aterrador.

Y aún más aterrador era pensar que podría quedarse sin un techo. Durante años, el palacio a las afueras de la capital de Abkar había sido su hogar. Sentía un gran cariño por las hijas pequeñas del sultán, jugaba con ellas, les enseñaba su idioma y las ayudaba con sus actividades. Se sentía parte de una familia por primera vez en su vida, aunque solo fuese una empleada.

Y lo perdería todo cuando el sultán supiera lo que había hecho, pensó. Daba igual que la hubiesen secuestrado. Olivia conocía bien esa cultura y sabía que una mujer no sería perdonada.

Y ahora, a la dura luz del día, se preguntó de nuevo cómo había podido sucumbir tan fácilmente. Zayed era un extraño, una amenaza. Y, sin embargo, cuando la tocó, todo eso dejó de importarle. Solo quería sentir, experimentar el asombro de desear y ser deseada. Era como si su sentido común, normalmente en abundancia, la hubiese abandonado.

Seguramente no era la primera mujer que se encontraba en esa situación, pero para ella era impensable.

Zayed anularía el matrimonio o se divorciaría de ella. No seguirían casados y, con un poco de suerte, podría encontrar otro trabajo. Esa idea provocó sentimientos mezclados, emociones que no era capaz de descifrar.

Había sentido tantas emociones distintas en unas horas, desde el miedo cuando fue secuestrada por Zayed al eléctrico cosquilleo de sus caricias y luego la abrumadora sorpresa, la oleada de angustia al comprender el colosal error que había cometido.

–¿Estás bien? –le preguntó él, con cierta brusquedad.

Olivia asintió con la cabeza. No debería emocionarse por algo tan pequeño, una simple pregunta hecha por cortesía, pero sus ojos se llenaron de lágrimas y tuvo que parpadear rápidamente para controlarlas. Lo último que quería era ponerse a llorar. Ni siquiera sabía si lloraba por lo que estaba a punto de perder o por lo que ya había perdido.

Hicieron el resto del viaje en silencio, saltando sobre las dunas durante dos horas hasta que llegaron a un campamento beduino frente a un pequeño oasis rodeado de palmeras. Incluso antes de que el jeep se detuviera frente al círculo de tiendas, Olivia percibió la desolación y desesperación que colgaban sobre el campamento como una niebla, como una sombra que ocultaba el brillo del sol.

Zayed saltó del jeep y luego, para sorpresa de Olivia, le ofreció su mano. El roce de la áspera mano masculina le recordó sus caricias y cómo había respondido ella...

Parecía increíble que pudiese afectarla tanto, pero así era. Tal vez porque ningún otro hombre le había prestado atención. En cualquier caso, debía ignorar el cosquilleo y las emociones que provocaba.

Él soltó su mano en cuanto bajó del jeep y Olivia lo siguió hasta el campamento. Hombres, mujeres y niños se arremolinaron alrededor, todos angustiados, asustados. Después de hablar con los líderes, Zayed le contó que los hombres de Malouf habían atacado el campamento para robarles sus cabras y camellos. Habían golpeado a los hombres y algunas mujeres estaban magulladas, pero afortunadamente no había nadie gravemente herido.

–Podría haber sido peor –le dijo. Y, por su expresión, parecía haber visto cosas mucho más horribles.

–¿Dónde están las mujeres y los niños heridos?

Él señaló el oasis.

–Están lavándose.

Olivia se dirigió hacia un grupo de mujeres. No sabía bien cómo iba a ayudar, pero quería hacer algo. Era desgarrador ver el miedo y la confusión de aquella gente cuyo hogar había sido arrasado. Las mujeres la miraban con curiosidad y se preguntó cómo iba a explicarles quién era. Por suerte, no hubo necesidad de dar ninguna explicación.

–Yo... quiero ayudar –dijo, vacilante.

Cuando un niño se abrazó a sus rodillas se le encogió el corazón. Pasó horas limpiando y vendando heridas, comunicándose en una mezcla de árabe y gestos, pero pronto entendió que la mejor forma de ayudar era sencillamente escuchándolos, distrayéndolos de sus preocupaciones. Además, también ella necesitaba una distracción.

Cuando todos los heridos estuvieron atendidos, las mujeres le ofrecieron zumo de albaricoque y un pan de pita con *hummus* recién hecho mientras le hacían preguntas que solo entendía a medias y a las que, en cualquier caso, no podía responder.

¿Quién era? ¿Era la novia de Zayed? ¿Se habían casado en secreto? ¿Estaban enamorados?

Las mujeres rieron al ver que se ponía colorada. Incluso sin decir nada parecía delatarse y tenía la impresión de que eso enfurecería a Zayed. Daba igual, estaba furioso con ella de todos modos. Parecía decidido a estarlo, como estaba decidido a recuperar lo que era suyo. Ella solo era un problema secundario.

Le dolía ser descartada, aunque en el fondo lo entendía. ¿Qué otra cosa podía esperar? El príncipe Zayed al bin Nur tenía que pensar en su país y ella solo era una empleada del palacio del sultán de la que debía librarse.

–Ven –dijo una de las mujeres, tirando de la manga de su túnica–. Debes descansar.

Esbozando una sonrisa de agradecimiento, Olivia la siguió hasta una tienda en la que, con un poco de suerte, podría dormir y olvidar durante un rato el enredo en el que estaba metida.

Había sido un día extraño, irreal. Zayed estaba inmerso en reuniones con los líderes de la tribu, escuchando sus quejas, asegurándoles que Malouf pagaría por lo que había hecho. Ya había enviado una patrulla con la esperanza de recuperar el valioso ganado que los hombres del traidor habían robado, pero veía la confianza y la fe en los ojos de su gente y el sentimiento de culpa se lo comía. ¿Cómo podían confiar en él cuando había cometido un error que podría poner en peligro todo aquello por lo que luchaba? Se había casado con la mujer equivocada y corría el riesgo de perder a su mejor aliado.

Zayed había visto a Olivia en el oasis, lavando y vendando heridas. Más tarde, la había visto riendo y jugando en el agua con los niños. Las mujeres la habían aceptado de inmediato, tal vez pensando que era su esposa. No sabía si ella les habría explicado la situación, o si debería hacerlo. Tal vez había decidido ser útil para que viera que podía ser una ventaja para él.

No debería haberla llevado allí, pero no creía que la noticia de su matrimonio hubiera llegado a un sitio tan remoto y no quería perderla de vista hasta que hubiese decidido qué iba hacer con ella.

Por la tarde, cuando las sombras empezaban a caer sobre el campamento, Zayed mandó llamar a Jahmal.

—Dormiremos aquí —le dijo—. Y por la mañana nos iremos a Rubyhan.

—¿Cree que es sensato ir allí?

Zayed tomó aire y lo dejó escapar lentamente.

—Necesito decidir qué voy a hacer con Olivia.

Rubyhan era el palacio de verano de la familia real de Kalidar y, por suerte, Malouf no había logrado arrebatárselo. Lo usaba como sede de su gobierno provisional, el sitio al que iba cuando quería reorganizar sus tácticas. Y, desde luego, necesitaba reorganizarse en ese momento.

Pero empezaba a dolerle la cabeza y cerró los ojos para controlar el dolor. Lo último que necesitaba era una de las terribles migrañas que sufría desde que recibió un golpe en el cráneo ocho años antes, en una de las batallas contra los hombres de Malouf.

—Podría dejarla aquí, Alteza. Solo es una criada —sugirió Jahmal.

Aunque también él lo había pensado, la sugerencia molestó a Zayed. No le gustaba que su consejero se atreviese a decirlo en voz alta.

—No es tan sencillo. Hassan ya tendrá noticia del secuestro y sabrá también que mi intención era secuestrar a su hija. Necesito hablar con él cuanto antes. Cuando tenga una respuesta, decidiré qué hacer con Olivia.

—No creo que sea un problema. Si solo es una criada...

«Solo una criada».

Era cierto, Olivia era prescindible. ¿Pero por qué le

molestaba tanto esa idea? No debería, pensó. A pesar de sus sospechas, se sentía culpable por lo que había pasado, pero no podía dejar que la noche anterior lo cambiase todo. No podía dejar que Olivia Taylor le importase.

—No quiero hablar de ello ahora —replicó con tono seco—. Voy a lavarme y luego cenaremos con los jefes de la tribu.

—Muy bien, Alteza.

Más tarde, después de cenar, fue a buscar a Olivia. Llevaba horas sin verla y eso lo hacía sentir inquieto, aunque no podría decir por qué. No debería haberla llevado allí y cuanto antes la apartase de su vida, mejor.

Se inclinó para entrar en la tienda y la vio sentada sobre un jergón cubierto por una piel de cordero, pasando los dedos por su pelo mojado.

Olivia levantó la cabeza y lo miró con cara de sorpresa, pero no dijo nada.

Llevaba la misma túnica y el mismo pantalón que por la mañana. No era un atuendo que inflamase los deseos de un hombre y, sin embargo, seguía sintiendo esa extraña atracción por ella. ¿Qué tenía Olivia? No era nada especial. Sí, tenía unos ojos preciosos y su figura era muy atrayente, pero solo era una mujer, una entre muchas. Aunque él no había tenido relaciones íntimas en mucho tiempo. Tal vez era eso. En su lucha por recuperar lo que era suyo, su reino, se había negado el placer durante demasiado tiempo.

—Mañana nos iremos a Rubyhan.

—¿Rubyhan?

—El palacio de verano de la familia real y la sede de mi gobierno.

—¿Y después?

–Luego me pondré en contacto con Hassan y tú le escribirás esa carta de la que te hablé.

–¿Y qué esperas que ocurra cuando reciba esa carta?

–Espero que el sultán entienda que cometí un error y esté dispuesto a reabrir las negociaciones de mi matrimonio con Halina.

Otra cosa sería intolerable, imposible. Necesitaba el apoyo de Hassan para luchar contra Malouf. Durante los últimos diez años, muchos líderes políticos habían intentado distanciarse de la guerra civil en Kalidar, pero con el apoyo de Hassan, podría presionar a Malouf para que renunciase. Era un hombre mayor, no tenía herederos y sus soldados empezaban a desertar, cansados de la interminable guerra y sabiendo que Zayed era el legítimo rey. Un golpe de Estado sin derramamiento de sangre sería la victoria perfecta y, por fin, el final de la maldita guerra.

–¿Y qué será de mí? –le preguntó ella entonces.

–¿Esperas una compensación económica?

Olivia sacudió la cabeza.

–¿Por qué piensas tan mal de mí?

–Solo era una pregunta.

–No, eso no es verdad. Me has juzgado y condenado por acostarme contigo. Admito que fue un tremendo error, pero no era mi intención... si pudiese dar marcha atrás, te aseguro que lo haría. No tengo el menor deseo de ser reina. Nunca me han interesado el poder o el dinero. Lo único que quiero es un sitio que sienta como mío y un trabajo que hacer. Tenía todo eso con la familia real de Abkar.

–Y volverás a tenerlo.

Ella hizo un gesto de desdén.

–Ahora eres tú el ingenuo

–¿Qué quieres decir?

–Da igual.

–No, dímelo –Zayed dio un paso adelante–. ¿Qué has querido decir? ¿Qué crees que va a pasar cuando vuelvas al palacio?

–¿Por qué te importa? No te ha interesado mucho mi bienestar hasta ahora.

–Te he dicho que soy un hombre de palabra.

–Yo no he visto pruebas de que lo seas –replicó Olivia.

Fue su tono lo que más lo afectó. No parecía enfadada o indignada. No, sencillamente estaba señalando un hecho y Zayed se dio cuenta de que tenía razón.

–Debes entender por qué tengo mis sospechas. Hay demasiado en juego y no puedo confiar en nadie.

–¿Crees que voy a cometer algún acto de sabotaje? No soy una espía de Malouf.

Se le heló la sangre al escuchar eso. No podía descartar la idea, pero no creía que Olivia fuese parte de tan vil plan. Y, en realidad, tampoco creía que hubiese maquinado para que la secuestrase y contrajese matrimonio con ella.

–Sé que no eres una espía, pero debo tener cuidado.

–Lo entiendo –murmuró Olivia con gesto cansado–. Mañana escribiré esa carta al sultán y, con un poco de suerte, todo esto quedará olvidado. O, al menos, yo seré olvidada. Pero ahora quiero irme a dormir, si no te importa.

Zayed la miró en silencio. ¿Qué pasaría cuando volviese a Abkar? Podría darle dinero para que no tuviese que trabajar durante algún tiempo. Por suerte, había sido capaz de asegurar las inversiones personales de su familia antes de que Malouf se hiciera con el control de las arcas del país.

¿Pero el dinero sería suficiente? ¿Y por qué estaba pensando en ello? ¿Por qué le preocupaba tanto su futuro?

Olivia tenía los hombros caídos, como bajo un peso invisible, y parecía agotada mientras esperaba que se fuera.

Pero no quería irse. Recordaba lo dulce que había sido entre sus brazos, la emoción que había sentido cuando estaba dentro de ella... y esos inconvenientes recuerdos hicieron que el deseo despertase con inusitada urgencia.

—Si necesitas algo, dímelo —se despidió por fin, intentando controlar el tormento en su entrepierna—. Siento mucho que tu tienda no sea más cómoda.

—Es más de lo que esperaba en un sitio tan remoto —respondió ella, sin mirarlo.

Zayed vaciló durante un segundo. Era su esposa, quisiera o no. Podría verse obligado a repudiarla, pero por el momento era su responsabilidad. Sin embargo, Olivia no quería saber nada de él. Incluso se negaba a mirarlo, de modo que le dio las buenas noches y salió de la tienda.

Capítulo 7

PARTIERON para Rubyhan a la mañana siguiente. El cielo era de un resplandeciente tono rosado mientras Olivia subía al jeep, viendo el amanecer sobre las dunas.

Había vivido cuatro años en Abkar, pero rara vez se había aventurado en el desierto. Si no estaba en el palacio, estaba de viaje con las princesas, sobre todo en Europa o en el Caribe, los sitios preferidos por los aristócratas.

El príncipe Zayed era un aristócrata de otra clase, pensó cuando lo vio subir al jeep con la agilidad de un atleta. Le recordaba a un antiguo guerrero, orgulloso, desafiante y definitivamente peligroso. No era como los mimados y frívolos aristócratas que había conocido durante sus viajes con la familia real. Desde luego, no imaginaba a aquel hombre en el casino de Montecarlo.

Zayed era más primitivo y, sin embargo, se sentía atraída por él. Atraída por su poderoso cuerpo, por su personalidad, y también por la intensa responsabilidad que sentía por su gente, por su país. Cuando el príncipe Zayed al bin Nur amase a una mujer, la amaría con la misma pasión. Pero ella no sería esa mujer.

Él la miró en ese momento y Olivia tuvo que girar la cabeza, avergonzada. ¿Por qué pensaba esas cosas? La noche que durmieron juntos había despertado en ella anhelos que siempre había logrado dominar. Y tenía que seguir dominándolos. Lo último que quería era sentir algo... algo más por Zayed.

Pensaba que irían en jeep hasta Rubyhan, pero después de una hora de viaje llegaron a un helipuerto en medio de una explanada, el desierto extendiéndose en todas direcciones.

–¿Vamos a ir en helicóptero? –le preguntó.

–No se puede ir a Rubyhan de otro modo. Llegaremos en una hora.

Dijo algo más, pero el ruido de las aspas de un helicóptero ahogó sus palabras. Olivia se tapó los oídos y cerró los ojos para evitar el remolino de arena que provocó el aparato militar mientras aterrizaba.

Zayed abrió la puerta y le ofreció su mano para ayudarla a subir. Mientras se ponía el cinturón de seguridad, Olivia volvió a experimentar esa sensación de irrealidad. ¿Cómo podía estar en un helicóptero, con un príncipe, en medio del desierto? Y, sin embargo, allí estaba.

Zayed y su consejero subieron tras ella y el aparato se elevó hacia el cielo. Desde arriba, el desierto parecía tranquilo, las suaves y ondulantes dunas enmascarando lo peligroso que podía ser aquel paisaje.

Una hora después, una cadena montañosa apareció en el horizonte, sus escarpados picos desgarrando el cielo azul. El piloto maniobró para pasar entre unos riscos de aspecto aterrador y Olivia se agarró al asiento. Por la ventanilla podía ver las cumbres cubiertas de nieve y las nubes parecían estar tan cerca como para tocarlas con la mano.

Y entonces el palacio apareció ante ellos, como sacado de un cuento de hadas, sus muros emergiendo entre las montañas como si hubieran sido tallados en ellas, las torres coronadas por altos minaretes.

–Qué maravilla –murmuró.

Zayed se volvió hacia ella con una sonrisa en los labios.

–Impresionante, ¿verdad? Fue construido hace seiscientos años por uno de mis antepasados.

–Nunca había visto nada igual.

–Se llama El Palacio de las Nubes. Rubyhan solo es su nombre oficial.

–Es un palacio entre las nubes –murmuró Olivia–. He visto las cumbres cubiertas de nieve.

–Hace frío por las noches –le advirtió él.

–¿Cuánto tiempo estaremos aquí?

–Solo unos días.

Olivia tragó saliva. ¿Unos días y después qué?

Después de aterrizar, Zayed la llevó al palacio, cuyo interior era tan increíble como el exterior. Todas las salas tenían altos ventanales y balcones con una fabulosa panorámica de las montañas.

–Te alojarás en una de las habitaciones del antiguo harem –le dijo–. Creo que allí estarás cómoda.

La llevó a una habitación increíblemente lujosa, con un amplio dormitorio y un cuarto de baño con ducha y bañera de mármol. Las baldosas del suelo estaban calientes, de modo que había calefacción radial. Un balcón se extendía por todo el dormitorio, haciéndola sentir como si estuviese caminando por el aire. No podía creer que hubiese tales lujos en un sitio tan remoto. Era más suntuoso que el palacio de Abkar.

Antes de despedirse, Zayed sugirió que descansara un rato y Olivia decidió hacerlo. Habían sido unos días desconcertantes y debía aprovechar la oportunidad para relajarse, algo que no había podido hacer en los últimos cuatro años.

En el palacio de Abkar siempre estaba ocupada con las tres jóvenes princesas, enseñándoles su idioma, encargándose de las lecciones, de su calendario social, de su ropa. Apenas tenía vacaciones porque no las necesitaba. ¿Dónde iba a ir? Aparte de su madrina, que vivía en París, no tenía a nadie en el mundo.

Si perdía su puesto en el palacio, y era casi seguro que así sería, no tendría dónde ir.... Pero no podía pensar en eso. Iba a ir día a día, paso a paso, y por el momento iba a disfrutar de un largo baño caliente.

Acababa de salir del baño, envuelta en una toalla del más suave algodón, cuando oyó un discreto golpecito en la puerta del dormitorio.

–¿Señorita Taylor?

Era una mujer que hablaba su idioma y Olivia suspiró, aliviada. Conseguía manejarse en árabe y Zayed hablaba su idioma a la perfección, pero sería agradable tener alguien más con quien conversar.

–Sí, un momento.

Al otro lado de la puerta había una joven con un traje de chaqueta, el pelo oscuro sujeto en una trenza.

–Hola, señorita Taylor.

–Por favor, llámame Olivia.

La joven sonrió.

–Soy Anna, la ayudante del príncipe en Rubyhan. Su Alteza me ha pedido que viniese a preguntarle si necesita algo.

–No necesito nada, gracias. Acabo de darme un baño.

–Espero que lo haya disfrutado. El príncipe desea que su estancia aquí sea lo más agradable posible.

–Ah, muy bien –Olivia intentó sonreír. Zayed estaba siendo considerado por una vez y eso debería alegrarla. Entonces ¿por qué se sentía tan inquieta?

–¿No necesita nada? –insistió Anna.

–No, de verdad.

–El príncipe desea que se reúna con él para cenar en el salón azul dentro de una hora. ¿Le parece bien?

–Sí, claro. Gracias.

–Encontrará toda la ropa ordenada en el vestidor. Pero, por favor, no dude en llamarme si necesita algo –dijo la joven, ofreciéndole un busca–. Si pulsa este botón, estaré aquí en cinco minutos.

–Muy bien –murmuró Olivia.

Era una experiencia nueva porque ella nunca había sido atendida por nadie. Por supuesto, nunca había tenido servicio.

–Cuando esté lista para cenar, pulse el botón y yo la acompañaré al salón azul.

–Gracias.

Anna se marchó y, sintiendo una mezcla de curiosidad y nerviosismo, Olivia abrió las puertas del enorme vestidor. Se quedó helada al ver una larga hilera de blusas, faldas, pantalones y vestidos en todos los colores imaginables.

Pasó los dedos por las prendas, acariciando las suntuosas telas, desde el algodón al lino, la seda o el satén. Debajo de los vestidos había zapatos de tacón, sandalias, zapatos planos y zapatillas de deporte. Todo parecía carísimo.

Abrió uno de los cajones y dejó escapar una exclamación al ver delicados conjuntos de ropa interior en varios tonos de crema y marfil, con un encaje tan fino como la gasa. ¿Por qué había ropa femenina en aquel sitio? ¿Y cómo había logrado Zayed llevarlo tan rápidamente a un lugar tan remoto?

Estuvo media hora probándose diferentes prendas,

desde vestidos camiseros a vestidos de noche, aunque nunca se atrevería a ponerse algo tan extravagante o tan sexy. Por fin, eligió una túnica de lino en color azul zafiro, a juego con un par de zapatos de tacón. Un atuendo sencillo, pero más caro y elegante que todo lo que había en su propio armario.

Era extraño verse vestida de ese modo, a punto de cenar con un hombre que era prácticamente un extraño y al que, sin embargo, conocía de modo más íntimo que a ningún otro hombre. Extraño y excitante.

–No hay ninguna razón para emocionarse –se dijo frente al espejo, mientras se maquillaba discretamente–. Ninguna razón en absoluto. El príncipe Zayed solo quiere hablar sobre la disolución de este matrimonio.

Tomando aire, pulsó el botón del busca. Unos minutos después, como había prometido, Anna apareció para llevarla por una serie de pasillos con suelo de mosaico y arcos árabes. Por fin, abrió una puerta y, cuando se apartó para dejarla pasar, Olivia entró en el salón con el corazón acelerado.

Miró las columnas decoradas con lapislázuli y pan de oro, los altos muros, el techo abovedado. En el centro de la sala había una mesa para dos con mantel de lino, velas y copas del más fino cristal. Todo tenía un aspecto muy romántico.

La puerta se abrió de nuevo y Zayed apareció, recién duchado y afeitado, con un atuendo occidental, un pantalón y una camisa gris con el primer botón del cuello desabrochado. Sus ojos brillaban como ágatas y tenía un aspecto tan devastador que Olivia no era capaz de articular palabra.

Él cerró la puerta y dio un paso adelante.

–Hola.

Mientras se acercaba, Zayed vio que el pulso latía en su cuello y recordó la noche de su boda. Pero esa noche era diferente. Sí, quería que se sintiera cómoda, pero no tenía intención de seducirla, por tentadora que fuese la idea.

–Hola, Zayed.

–¿Satisfecha con la suite?

–Sí –respondió ella, después de aclararse la garganta–. Todo es precioso, gracias.

–Me alegro –Zayed apartó una silla y Olivia se sentó con un gesto tímido, como si todo aquello fuese nuevo para ella.

–Es increíble que haya tantos lujos en este sitio. El baño, la calefacción, la ropa... ¿cómo has conseguido traer todo esto aquí? Y la ropa es de mi talla.

Zayed vaciló durante un segundo y Olivia entendió enseguida.

–Ah, qué tonta soy. Ya estaba aquí, ¿no? Era para Halina.

–Pensaba traerla aquí después de nuestro matrimonio. Una especie de luna de miel.

–Claro –murmuró ella, colocando la servilleta sobre su regazo para que no pudiera ver su expresión.

Zayed se sintió incómodo, como si le doliese su decepción. Pero eso era absurdo. Halina sería su esposa algún día, tenía que ser así.

–Espero que hayas podido relajarte un rato.

–Sí, gracias.

Su tono era frío y Zayed apretó los labios, molesto. Aunque no sabía por qué lo molestaba tanto.

–Bebe un poco de vino –sugirió, sacando la botella de un cubo de plata.

Olivia lo miró con esos ojos que le recordaban el azul del mar un día de tormenta.

–No sabía que vivieras en un exilio tan lujoso. Pensé que estabas siempre en el desierto.

–En general es así, pero Rubyhan es la sede de mi gobierno. Aunque vivo en el exilio, sigo siendo reconocido como el líder de Kalidar. Malouf es el rebelde, el impostor –le explicó Zayed, sintiendo una familiar presión en el pecho.

–Lo sé –asintió Olivia, tomando un sorbo de vino–. Debe ser muy duro luchar durante tanto tiempo.

–Yo quiero terminar con esa lucha. Quiero que mi pueblo deje de sufrir.

–Y tu matrimonio con Halina ayudaría a conseguir eso.

–Así es –asintió Zayed–. Durante diez años, Fakhir Malouf ha vivido en mi palacio y ocupado mi sitio como líder del país. Además, ha puesto en práctica normas y leyes que van en contra de todo lo que mi padre me inculcó: justicia, compasión, igualdad. Kalidar era una de las naciones más modernas de la región y ahora, gracias a Malouf, es una de las más atrasadas.

–¿Pero por qué no interviene algún gobierno extranjero?

–Nadie quiere involucrarse porque Malouf tiene el apoyo de una parte del ejército. Aunque ningún gobierno ha querido reconocerlo oficialmente como gobernante de Kalidar.

–Y tú has tenido que vivir en el exilio durante diez años. Es tan injusto.

–Es una injusticia que pienso corregir, aunque me cueste la vida. Nada más me importa.

–Lo entiendo –murmuró Olivia.

Zayed se echó hacia atrás en la silla, intentando recuperar el buen humor. Estaba cenando con una bella mujer a la luz de las velas, bebiendo un vino de sabor aterciopelado. Nada podía pasar entre ellos, pero podían ser amables el uno con el otro.

—Háblame de ti —le pidió, mientras un criado servía el primer plato, *sambousek* de cordero con salsa de pepinos.

—Me temo que no hay mucho que contar.

—Yo no estoy de acuerdo. Has dicho que trabajas para la familia real de Abkar desde los diecisiete años.

—Desde los dieciocho, cuando terminé mis estudios.

—¿Fuiste a un internado?

—En Suiza, sí. Mi padre se mudaba de país constantemente y quería que tuviese una educación estable.

—¿Y lo pasaste bien?

Olivia se encogió de hombros.

—Era un colegio para aristócratas y gente rica, y yo solo era la hija de un diplomático. Estaba allí con una beca —le explicó—. Y, por supuesto, todo el mundo lo sabía porque mis padres no iban a buscarme en helicóptero, ni usaba ropa de diseño, ni tenía un poni. Halina era mi mejor amiga. Me tomó bajo su ala para que nadie se metiera conmigo.

Pero que nadie se metiera contigo no era lo mismo que ser aceptado o querido.

—Fue muy amable por su parte —comentó Zayed.

—Halina es muy generosa —Olivia se aclaró la garganta—. Espero que las cosas se arreglen entre vosotros.

—Yo también —dijo él, aunque no quería hablar de Halina en ese momento. Si eso constituía una traición, que así fuera.

–Esa carta de la que me has hablado antes... ¿Qué debo decir?

Zayed tampoco quería hablar de la carta.

–Habrá tiempo para eso mañana. ¿Por qué no disfrutamos de la cena?

Olivia probó el *sambousek*, fragante a canela y menta.

–Delicioso –murmuró–. Nunca había probado nada tan rico.

–Háblame de lo que haces en Abkar –sugirió Zayed. Quería saber más cosas sobre ella, aunque no había ninguna razón–. Cuidas de las tres pequeñas, ¿no?

–Saddah, Maarit y Aisha. Tienen doce, diez y ocho años.

–¿Y qué haces, cuál es tu trabajo?

–Lo que hace cualquier institutriz. Les enseño mi idioma y organizo sus actividades. Son unas niñas muy atareadas: clases de baile, de tenis, de equitación. Saddah irá al internado el año que viene.

Después de decir eso se quedó en silencio, con expresión afligida.

–¿Qué ocurre? ¿Por qué pareces triste de repente?

–Porque las echo de menos.

–Pero podrás volver al palacio cuando todo esto se haya solucionado.

–No sé si será posible. El sultán me había confiado el cuidado y la educación de sus hijas y yo debía ser un ejemplo para ellas –Olivia hizo una mueca–. Y pronto el sultán sabrá... que... en fin, que no he estado a la altura de sus expectativas.

Zayed apretó los labios.

–En la carta le explicaremos que no fue culpa tuya.

–¿Tú vas a aceptar toda la responsabilidad? Eso

pondría en peligro tu relación con el sultán y necesitas su ayuda.

Era cierto, necesitaba su ayuda. Zayed la miró, frustrado. No le gustaba ponerla en esa situación porque, después de los últimos días, sabía que sus sospechas habían sido infundadas.

Olivia no era una buscavidas. Sería más fácil mantener esa ficción, pero no podía hacerlo después de haberla visto atendiendo a los niños en el campamento, o cuando mostraba tanta preocupación por él y por su país.

—De todas formas, recibirás una compensación económica. No te faltará nada.

—Es muy generoso por tu parte —dijo ella.

Pero no parecía más animada y Zayed no entendía por qué.

—Podrías viajar —sugirió, decidido a hacerla ver los beneficios de tal compensación—. O empezar de nuevo en otro sitio.

—Sí, claro —Olivia dejó el tenedor sobre el plato, como si hubiera perdido el apetito.

—¿Nada de eso te interesa?

—No, es solo que... Abkar ha sido mi hogar durante todos estos años, el único hogar que he conocido. El sultán siempre ha sido amable conmigo, casi como un padre. Y lo echaré de menos.

De modo que no solo le había robado la inocencia y el sustento, también le había robado a su familia. El sentimiento de culpa se comía a Zayed. Tenía que haber alguna forma de solucionar la situación.

Capítulo 8

OLIVIA vio que Zayed fruncía el ceño y se preguntó por qué le importaba si viajaba o conseguía un nuevo puesto de trabajo. Tal vez se sentía culpable y quería aliviar su conciencia pensando que tenía planes de futuro.

—Me gustaría viajar —dijo entonces, intentando mostrar un entusiasmo que no sentía en realidad—. Me gustaría ir a París. Mi madrina vive allí.

—¿Tu madrina?

—Una vieja amiga de mi madre. Es una persona mayor y me gustaría volver a verla.

No era del todo cierto. Su madrina era prácticamente una extraña que, en las pocas visitas que había hecho a París, la había recibido por obligación más que por cariño. Pero Olivia sabía que eso era lo que Zayed quería escuchar. También solía decirle a su padre que era feliz en el internado, y a Halina que no le importaba que saliera con otras amigas. Olivia siempre decía lo que los demás necesitaban escuchar porque era mucho más fácil y ser necesitado era casi igual que ser querido.

Zayed torció el gesto.

—¿Por qué intentas tranquilizarme?

Ah, de modo que no lo había engañado.

—Tú no quieres preocuparte por mí y no tienes por qué hacerlo.

–Pero eres mi responsabilidad.

–No, en realidad no lo soy. Y en cuanto al dinero, no lo necesito. Tengo algunos ahorros y prefiero... no recibir una compensación económica –dijo Olivia entonces. La idea de aceptar dinero después de lo que había pasado le parecía indecente.

Él negó con la cabeza.

–Como he dicho, eres mi responsabilidad.

–Pero yo te absuelvo de esa responsabilidad –Olivia consiguió sonreír, aunque tenía el corazón encogido. Entendía que no podía quedarse a su lado, que ni siquiera quería hacerlo, pero tampoco se sentía tan valiente como para pensar en el futuro–. Al menos ya no crees que yo haya maquinado todo esto, que haya intentado engañarte para que te casaras conmigo.

Zayed tuvo el detalle de mostrarse arrepentido.

–Lo siento, comprendo que eso fue muy injusto por mi parte.

–¿Desde cuándo?

–Desde que te vi ayudando a las mujeres y los niños del campamento. O tal vez porque ahora sé que te importa mi situación, mi pueblo.

Esas palabras de aprecio la emocionaron.

–Hay mucho en juego para ti, mucha gente de la que eres responsable. Y yo no quiero ser una responsabilidad más.

Él no parecía convencido y Olivia decidió que era hora de cambiar de tema. No era tan buena actriz y, además, pensar en el futuro la angustiaba. No tenía mucho dinero ahorrado porque el techo y la comida eran descontados de su sueldo en el palacio, su experiencia profesional se limitaba al trabajo de institutriz y, además, no creía que el sultán fuese a darle buenas referencias.

¿Y si estaba embarazada?

Era una posibilidad en la que no había querido pensar. Zayed tampoco parecía haberlo pensado, aunque tal vez creía que no era responsabilidad suya. A pesar de su aparente amabilidad, sabía que no debería confiar en él. ¿Y qué haría si estuviese embarazada?

–¿Qué ocurre? Te has puesto pálida.

–Nada, nada. El cordero está delicioso.

Unos minutos después, un criado entró con el plato principal: carne asada con arroz y salsa de yogur. Un plato tan rico como el cordero.

–¿A qué te habrías dedicado si Hassan no te hubiese ofrecido el puesto de institutriz?

–La verdad es que nunca lo he pensado.

–¿No querías ir a la universidad?

–No.

–¿Por qué no? Una mujer educada como tú...

–No tenía dinero para pagarme los estudios.

Zayed frunció el ceño.

–¿No tenías dinero? ¿Tu padre no te dejó nada?

–Mi padre murió prácticamente en la ruina –le contó Olivia. Al parecer, tenía una afición por el juego que ella desconocía y el poco dinero que había dejado apenas llegó para pagar los gastos del funeral–. Y a mí no me apetecía ir a la universidad. No sentía pasión por estudiar nada en particular y la verdad es que no soy muy aventurera.

La idea de vivir sola en una ciudad extraña no le atraía. Había hecho eso demasiadas veces cuando vivía con su padre, antes de que la enviase al internado a los once años.

–¿Y ahora? –le preguntó Zayed–. Si pudieses hacer cualquier cosa, ¿qué harías?

–Pues... –Olivia vaciló. No tenía muchos sueños. No se había permitido tenerlos porque no quería llevarse una desilusión y era feliz complaciendo a otras personas. Mejor ser útil que importante o querida.

–Piénsalo –la animó él–. Esta podría ser una gran oportunidad para ti.

¿Una gran oportunidad?

–Lo siento, Alteza, pero no puedo ver esa oportunidad ahora mismo –replicó ella, dejando la servilleta sobre el plato.

¿Qué estaba haciendo? ¿Una cena romántica a la luz de las velas con un hombre que iba a abandonarla para casarse con otra, un hombre que se había llevado su inocencia, su sustento, su hogar? Era ridículo estar allí, como si fuese una cita, porque le recordaba todo lo que no tenía, lo que nunca tendría. Y, aunque normalmente no quería pensar en ello, en aquel momento le dolía como nunca.

Porque en el fondo quería eso: el romance, la anticipación, la seducción... con él, con aquel hombre. No debería, pero así era.

Zayed era poderoso, turbulento y devastadoramente atractivo, pero también era encantador, amable y considerado. Cualidades suficientes para que se enamorase de él... y eso no podía pasar.

–Lo siento –se disculpó, levantándose de la silla–. Ha sido un día muy largo y quiero irme a dormir.

–Espera un momento –Zayed se levantó para tomarla del brazo y el fresco aroma a limón de su loción de afeitar asaltó sus sentidos.

No quería desearlo, desear algo que no podía tener.

No quería anhelar esos fuertes brazos... y más, mucho más.

—Tengo que irme, de verdad.

—Lo siento, me he expresado mal —se disculpó él—. Estaba intentando ver el lado bueno de la situación, pero entiendo que tú no lo veas. Por favor, discúlpame. Sigamos cenando.

Olivia sabía que debería salir de allí para protegerse, pero no podía hacerlo. No era lo bastante fuerte. La idea de volver a su habitación y pasar el resto de la noche sola la entristecía de tal modo...

De modo que asintió con la cabeza y Zayed soltó su brazo esbozando una sonrisa.

—Gracias —murmuró mientras volvían a sentarse.

Decir eso había sido una estupidez. Lo veía en el pálido rostro de Olivia, en cómo le temblaban las manos mientras abría la servilleta. Su intención era animarla y también aliviar su conciencia porque el sentimiento de culpa era una emoción que no podía permitirse. Si ella podía conseguir algo después de lo que había pasado, si podía beneficiarse de la situación, sería más fácil apartarla de su lado.

Pero que necesitase aliviar su conciencia lo llenaba de furia y de vergüenza. Durante diez años, empujado por el dolor, no había querido pensar en nada más que en el deber hacia su país. Cuando cerraba los ojos, veía el atormentado rostro de su madre, muriendo porque, sencillamente, ya no deseaba vivir. Veía el helicóptero en llamas, oía los angustiados gritos de su padre y sus hermanos, aunque sabía que solo era su imaginación. Habría sido imposible escuchar los gritos con el estruendo de las aspas del helicóptero mientras se precipitaba al suelo.

No podía creer que estuviera siendo tan sentimental. ¿Por qué intentaba animar a Olivia, una mujer que no significaba nada para él? Por eso la había llevado a Rubyhan, pensó entonces. Por eso la había instalado en la suntuosa suite, por eso le había ofrecido la ropa que había comprado para Halina, por eso estaba cenando con ella a la luz de las velas.

No, era mucho peor que eso. Estaba cenando a la luz de las velas con Olivia porque quería hacerlo, porque quería estar con ella. Porque seguía deseando a una mujer a la que no debería desear.

—Zayed, es tarde y supongo que mañana tendrás muchas cosas que hacer. Tal vez deberíamos...

—No, espera un poco.

—Pareces enfadado.

Él hizo una mueca. El dolor de cabeza que había intentado dominar durante las últimas cuarenta y ocho horas empezaba a molestarlo de nuevo.

—Estoy enfadado conmigo mismo —le confesó.

—¿Por haberte casado conmigo?

—Sí, por eso —Zayed intentó sonreír—. Y también por desearte cuando sé que no debería.

Fue como si la habitación se quedase sin oxígeno de repente. Olivia, inmóvil, lo miraba con los labios entreabiertos.

—¿Me deseas? Pensé que... pensé que solo era yo.

—Te aseguro que es mutuo.

Se alegraba de haberlo dicho, de haber reconocido lo que había entre ellos. Era un alivio, como punzar una herida supurante para aliviar la presión. El problema era que no sabía qué iban a hacer a partir de tal confesión.

De nuevo, Zayed sintió un relámpago de dolor en las sienes, pero intentó disimular.

—Lo siento —dijo Olivia después de una pausa.

—No tienes que disculparte. ¿Es una experiencia nueva para ti que un hombre te desee tan abiertamente?

Ella tragó saliva.

—Contigo todo son experiencias nuevas.

También lo eran para él. Quería estar entre sus brazos, enterrándose en ella. El deseo amenazaba con anular cualquier otra consideración.

—¿Por qué yo? No soy nada especial y tú debes conocer a muchas mujeres.

—No tantas como crees —dijo Zayed. Un soldado del desierto tenía prohibidos los romances—. De hecho, antes de ti no había estado con una mujer en muchos años.

—¿Muchos años? —repitió ella, con un gesto de asombro que era casi cómico.

—No ha habido muchas oportunidades.

—Entonces es por eso. No me mirarías dos veces si no fuera así.

—¿Por qué insistes en menospreciarte?

—No me menosprecio, solo digo la verdad.

—Para mí no es verdad —afirmó Zayed.

Sentía el urgente deseo de demostrarle que para él era bellísima y sostuvo su mirada para que viese el deseo en sus ojos, para que lo sintiera ella misma.

Y sabía que era así. Lo notaba en su jadeante respiración, en sus pupilas dilatadas...

Maldita fuera, no era el momento de verse atormentado por una de sus migrañas. Su visión se volvió borrosa, desdibujando la habitación y a la mujer que tenía delante.

—¿Te encuentras bien? —le preguntó Olivia, alarmada.

Y él pensando en seducirla. Zayed intentó reír, pero estuvo a punto de vomitar. El dolor era como una ola que ahogaba todo lo demás.

—Yo...

Intentó hablar, pero no era capaz de articular palabra.

—¿Te duele algo?

Olivia estaba tan cerca que le llegaba su aroma a jazmín y limón. Zayed cerró los ojos, intentando bloquear el dolor, pero era demasiado tarde.

—La cabeza —consiguió decir, con los dientes apretados. Estaba tan decidido a seducirla que había pasado por alto las señales. Si se hubiese tumbado un rato en una habitación a oscuras, con un paño frío sobre la frente, podría haber evitado lo peor. Pero el dolor empezaba a ser insoportable.

—Una migraña —murmuró Olivia—. Una de las princesas las sufre a veces y sé que son terribles.

—Solo... tengo que tumbarme —murmuró él, apretando los dientes con tal fuerza que le dolía la mandíbula. Odiaba que ella lo viera en ese estado.

—Deja que te ayude. ¿Quieres que llame a alguien?

—No.

Nadie querría ver a un líder endeble y dolorido. Su gente tenía suficientes cosas por las que preocuparse.

—Muy bien —Olivia lo tomó del brazo—. Te acompañaré a tu habitación.

Zayed se levantó tambaleante de la silla y tuvo que apoyarse en ella más de lo que hubiera querido. Pero Olivia parecía tener una fuerza sorprendente. Era delgada, pero nada frágil.

–No está lejos –logró decir.

Pero se detuvo cuando los puntitos que bailaban en sus retinas se convirtieron en una interminable negrura. De repente, Zayed no podía ver nada. Estaba ciego.

Capítulo 9

OLIVIA estaba sorprendida. Todo había ocurrido tan rápidamente; la admisión de su deseo, la descarada invitación que había visto en sus ojos. De no ser por la migraña, a saber qué habría pasado. Aunque podía imaginarlo.

–¿Qué ocurre? –le preguntó al ver que se quedaba inmóvil.

–No veo, Olivia. No veo nada.

–¿Nada en absoluto?

–No –respondió él, dejando escapar un gemido de dolor. Una ligera capa de sudor cubría su pálido rostro y tenía los ojos vidriosos.

–Deja que llame...

–No –la interrumpió Zayed–. No quiero que nadie me vea así.

–Muy bien. Entonces, yo te llevaré a la cama.

Salieron del salón, con Olivia sujetando sus hombros y él abrazado a su cintura mientras lo guiaba por los escalones.

–No sé dónde está tu dormitorio. ¿Puedes indicarme?

–A la derecha por la escalera, luego al final del pasillo.

–Muy bien.

Zayed caminaba despacio, tocando la pared. Era tan

evidente que estaba sufriendo que a Olivia se le enco-
gía el corazón.

Cuando su consejero, Jahmal, apareció al final del
pasillo, Zayed se apartó de ella e intentó erguirse.

–¿Va todo bien, Alteza? Pensé que estaban cenando.

–Hemos terminado –respondió él–. Voy a trabajar
un rato en mi habitación y no quiero ser molestado.

Jahmal miró a Olivia con el ceño fruncido.

–Muy bien.

–La señorita Taylor va a ayudarme con un asunto.

–¿El mensaje para el sultán?

–Eso es. Déjanos, por favor.

El hombre hizo una reverencia antes de alejarse por
el pasillo. Después de unos tensos segundos, Zayed
volvió a apoyarse en Olivia, dejando escapar el aliento.

–Llévame a mi habitación. No quiero que nadie más
me vea así –le dijo, con los dientes apretados.

–No hay vergüenza en el dolor.

–En eso te equivocas, al menos en mi caso.

No dijo nada más, toda su energía concentrada en
recorrer el pasillo.

–Aquí es –le dijo cuando llegaron frente a una de las
doce puertas del largo corredor.

–¿Cómo has sabido....?

–Las he contado.

Olivia empujó el picaporte y entró en una habitación
escasamente amueblada y definitivamente masculina.
Lo llevó hasta la cama y Zayed se tumbó en ella, dejando escapar un gemido de dolor mientras se cubría
los ojos con un brazo.

–Voy a buscar algo que te alivie. ¿Un paño húmedo,
alguna pastilla?

–El botiquín está en el baño.

–Muy bien.

Olivia entró en el suntuoso cuarto de baño. Sintió como si estuviera invadiendo su intimidad mientras buscaba un analgésico en el botiquín, pero debía hacerlo. Sacó dos pastillas de un frasco y, después de llenar un vaso de agua, encontró un paño de franela y lo humedeció antes de volver a su lado.

–Toma –le dijo, poniendo las pastillas en su mano y guiando el vaso de agua hasta sus labios. Zayed se lo tomó de un trago y después volvió a apoyar la cabeza en la almohada.

–Gracias –murmuró, apretando su mano.

–Ojalá pudiese hacer algo más.

–Esto es más de lo que merezco.

¿Más de lo que merecía? Qué extraño que dijera eso.

–Todo el mundo merece que lo cuiden –comentó Olivia.

–Eso depende –dijo él, sin soltar su mano.

El sol empezaba a esconderse detrás de las montañas y el cielo era de un vívido color rosa. Olivia se preguntó si debía irse, si Zayed querría estar solo.

Como si hubiera notado su incertidumbre, él apretó su mano de nuevo.

–Quédate –le pidió–. Quédate conmigo.

Algo cálido y maravilloso se desplegó en el corazón de Olivia, casi como un abrazo. Se dio cuenta de que quería quedarse, quería que él se lo pidiera.

–Claro que sí.

Se instaló cómodamente a su lado y Zayed se llevó su mano al pecho, con los ojos cerrados. Poco a poco, su expresión pareció suavizarse. No sabía si había pasado una hora o unos minutos, pero por fin se dio cuenta de que estaba dormido.

Perdió la noción del tiempo mientras estudiaba su rostro, fijándose en los detalles. Tenía una cicatriz en la sien, otra cerca de la oreja. Las dos parecían antiguas. Bajo el botón abierto de la camisa podía ver el suave vello oscuro de su torso...

Recordaba ese torso perfecto aplastando sus pechos y cerró los ojos, intentando desterrar esos recuerdos... por su propia cordura. Sin embargo, eran tan dulces. Nunca se había sentido tan querida, tan importante como entre los brazos de Zayed. Aunque eso era absurdo y peligroso. Cada momento que pasaba en su compañía la unía más a aquel hombre que había empezado a importarle más de lo que debería.

Se decía a sí misma que era arrogante, dominante, impaciente. Pero, teniendo en cuenta por lo que estaba luchando y cuánto había perdido, era comprensible. Además, también era amable y considerado.

Debería irse, pensó, antes de hacer algo tan estúpido como enamorarse de él.

Se levantó de la cama, pero en cuanto intentó soltar su mano Zayed tiró de ella, devolviéndola a su lado. Olivia apoyó la cabeza sobre su hombro, sus manos unidas sobre el torso masculino.

Se quedó inmóvil, disfrutando del calor de su cuerpo, de los suaves latidos de su corazón. Era tan agradable estar así, en los brazos de Zayed, con la luna haciendo dibujos plateados en el suelo. Por un momento, imaginó estar así cada noche...

No estaba enamorándose de él, claro que no. Y, sin embargo, no podía negar el anhelo que se abrió camino en su corazón, amenazando con inundarlo, cuando Zayed apretó su cadera en un gesto posesivo y metió una rodilla entre sus piernas. Estaba adormilado, no sabía lo que hacía, se dijo.

Olivia cerró los ojos, saboreando la dulzura del momento e intentando luchar contra la intensidad de sus sentimientos. Porque sería tan fácil dejarse llevar, dejarse caer.

Por fin, cuando Zayed se quedó profundamente dormido, también ella logró conciliar el sueño.

La migraña se había convertido en un dolor sordo cuando Zayed despertó, consciente de la suavidad de la cama y de la más tentadora suavidad del cuerpo cálido y manejable a su lado. El roce de sus pechos provocó un arrebato de pasión y cuando Olivia empujó las caderas hacia delante, la pasión se convirtió en un incendio imparable.

De un salto, se colocó sobre ella, buscando las suaves curvas y las seductoras cavidades de su cuerpo. Deslizó la mano por un esbelto muslo hasta el cálido triángulo en el centro y sus suspiros lo dejaron trastornado. Metió una rodilla entre sus piernas y, cuando Olivia se arqueó para recibirlo, Zayed apoyó las manos en el colchón...

¿Pero qué estaba haciendo? Podía ponerlo todo en peligro si volvía a hacer el amor con ella sin usar protección.

Dejando escapar un gemido, se apartó, con el corazón acelerado. Era lo más difícil que había hecho nunca.

Después de un tenso segundo, Olivia se apartó también.

—Perdona... —empezó a decir Zayed.

–No pasa nada –lo interrumpió ella, su voz como un suspiro.

–Lo siento, estaba medio dormido –se disculpó él, aunque sabía que la disculpa no serviría de nada–. Me he dejado llevar y no debería.

–Yo también me he dejado llevar.

Zayed apretó los labios. Necesitaba apartarla de su vida y cuanto antes mejor. No podía distraerse. El deber hacia su país era lo más importante.

Cerró los ojos de nuevo e imaginó el helicóptero envuelto en llamas. Imaginó que podía ver las caras de su padre y sus hermanos, aunque entonces no había podido verlas.

Y luego se vio a sí mismo huyendo, empujado por el personal de palacio para ponerlo a salvo. Incluso ahora, diez años después, la vergüenza era tan profunda... Había sido un cobarde. Nadie se lo había dicho a la cara, pero él lo sabía.

«Sentimiento de culpa del superviviente», le habían dicho sus consejeros más de una vez. Y él sabía que necesitaba sobrevivir por su país. Era el último de su estirpe, el único heredero de una dinastía casi milenaria, la única persona que podía recuperar el trono de Kalidar. Pero en su fuero interno se sentía culpable y avergonzado, y estaba seguro de que esos sentimientos no lo abandonarían nunca.

Y por eso debía concentrarse en su deber y en expiar sus culpas. El único servicio que Olivia Taylor podía hacerle era desaparecer de su vida.

Como si hubiera leído sus pensamientos, ella se levantó de la cama.

–Me voy –dijo en voz baja–. Necesitas dormir. ¿Te duele menos la cabeza?

–Un poco menos. Lo siento, yo...

–No pasa nada, estoy bien –se apresuró a decir ella, antes de salir de la habitación.

Zayed se quedó solo, pensativo. El silencio le parecía extrañamente desolador mientras se cubría la frente con un brazo, con la cabeza tan dolorida como el corazón. No le importaba Olivia, se decía a sí mismo. No le importaba nadie y siempre sería así. Dejar que alguien le importase sería como invitar al dolor, algo que no tenía la menor intención de hacer. Si te importaba alguien, tus enemigos lo usarían contra ti y él no permitiría que eso volviera a pasar.

Pero se sentía culpable e inquieto, deseando que todo fuese diferente. Si hubiese secuestrado a Halina...

Pero entonces no habría conocido a Olivia.

Que hubiera pensado eso demostraba que debía actuar con rapidez. Al día siguiente le pediría a Olivia que escribiese la carta al sultán. No podía perder más tiempo.

Por fin se quedó dormido y, por suerte, cuando despertó el dolor de cabeza había desaparecido. Después de ducharse y vestirse, fue a su despacho, en el ala oeste del palacio.

–¿Hay alguna noticia del sultán? –le preguntó a Jahmal.

–Solo sabemos que está enojado. La reina Aliya se ha llevado a la princesa Halina a Italia... para evitar que sea secuestrada.

–Como si yo fuera a intentarlo dos veces –Zayed se pasó las manos por las sienes–. Era un plan absurdo, aunque entonces me pareciese necesario.

–Pero el sultán aún podría estar dispuesto a comunicarse con usted, Alteza.

—Espero que así sea. Le enviaré un regalo con el mensaje, uno de mis mejores caballos árabes.

Olivia no sabía montar, pensó entonces. En ese momento debería haber comprendido el error de identidades. ¿Por qué había estado tan ciego?

—Necesito que vayas a buscar a la señorita Taylor. ¿Sabes dónde está?

—Ha pasado la mañana con las mujeres, en los jardines.

Algunos de sus hombres tenían esposas que vivían en el palacio. Era una existencia muy aislada y él sabía que todos anhelaban el día que pudiesen volver a Arjah. Y llevaban mucho tiempo esperando.

Zayed paseó por los jardines del palacio, disfrutando del calor del sol en la cara. Había olvidado lo hermosos que eran, con sus limoneros y naranjos, los macizos de flores, el tintineo de las fuentes.

Paseó durante unos minutos hasta que llegó a un patio con una fuente en el centro y varios bancos alrededor. Lahela, la esposa de uno de sus hombres, acababa de tener un bebé y Olivia estaba jugando con él.

Con un vestido del mismo color que sus ojos, el pelo cayendo por la espalda y el bebé de Lahela en su regazo parecía tan feliz, tan natural, casi como si...

Zayed se detuvo, conmocionado por algo que había pasado por alto desde la noche que hizo suya a Olivia.

No habían usado ningún método anticonceptivo.

Por supuesto que no. Era su noche de bodas. No se había parado a pensarlo hasta ese momento, pero Olivia podría estar embarazada... de su hijo. Su heredero.

Su risa, profunda y alegre, resonaba por el patio mientras jugaba con el bebé. Cuando levantó la cabeza y sus miradas se encontraron fue como si hubiera chocado contra un muro.

Notó que ella se había puesto colorada, pero enseguida giró la cabeza para disimular, dejando que el pelo ocultase su cara.

Zayed sintió como una garra en el pecho, una sensación a la que no podía poner nombre.

—¿Puedo hablar un momento con usted, señorita Taylor?

—Sí, claro.

Olivia intentó disimular su nerviosismo mientras ponía al niño en brazos de su madre. Zayed parecía enfadado y suponía que era por lo que había pasado la noche anterior... o lo que había estado a punto de pasar. ¿Cómo podía ser tan débil con aquel hombre?

Zayed la llevó al interior del palacio. Recorrieron en silencio varios pasillos y luego, por fin, abrió la puerta de lo que parecía un estudio privado.

—¿Podrías estar embarazada? —le espetó mientras cerraba la puerta.

Olivia parpadeó, sorprendida. No era eso lo que había esperado.

—¿Embarazada...?

—No usamos ningún anticonceptivo y, como eras virgen, imagino que no tomas la píldora.

—No —le confirmó ella.

—¿Y no tienes problemas de fertilidad?

—Que yo sepa, no.

Zayed masculló una palabrota. Estaba planeando divorciarse de ella y, por supuesto, no quería tener un hijo. Sin embargo, tontamente, Olivia se sintió dolida.

—¿Entonces hay alguna posibilidad de que estés embarazada?

—Supongo que sí.

—¿Lo supones?

—Sí, lo supongo —respondió ella, irritada—. Esto no es solo culpa mía, Zayed. Pensé que ya estábamos de acuerdo en eso, pero parece que sigues intentando cargarme con todas las culpas.

—Tienes razón —dijo él, pasándose una mano por la cara—. En realidad, me culpo a mí mismo por haber sido tan presuntuoso e insensato. Esta es otra complicación en una situación de por sí muy complicada y debería haberlo pensado antes —añadió, mirándola con un brillo de sinceridad en los ojos—. Me avergüenza no haberlo hecho.

—Es comprensible —murmuró Olivia.

Zayed la miró con el ceño fruncido.

—Tú sí lo habías pensado.

—Claro que sí, pero no tenía sentido hablar de ello hasta que estuviera segura.

—¡Pero para entonces estarías fuera de mi vida! —exclamó él, dando un paso adelante—. ¿No se te ocurrió hablarme de mi hijo?

Ella lo miró, incrédula.

—¿Lo dices en serio? ¿Estás acusándome de algo que aún no ha ocurrido? Ni siquiera estoy embarazada. Probablemente no lo esté.

—¿Probablemente? ¿Por qué dices eso?

—No lo sé, pero hay muchas posibilidades de que no lo esté.

—Pero también hay posibilidades de que lo estés, esa es la cuestión —dijo Zayed—. ¿Me lo habrías dicho?

—No lo sé, no había pensado en ello —respondió Olivia. Odiaba que la conversación fuese tan cínica, tan fría. Le gustaría que fuese de otro modo, que los dos esperasen que estuviese embarazada, que disfrutasen de ese milagro. Era una locura, desde luego. Tal vez se había vuelto loca–. ¿Por qué siempre tienes que hacerme sentir culpable? Si estuviese embarazada no sería solo culpa mía.

Zayed asintió con la cabeza.

–Lo siento, no era mi intención acusarte de nada –se disculpó–. Pero es que cuando estoy contigo...

–¿Qué pasa cuando estás conmigo?

En los ojos de color musgo vio un brillo que provocó un incendio en su interior.

–Cuando estoy contigo pierdo la cabeza. No puedo pensar en nada más que en ti... en hacerte el amor. Sé que está mal, sé que es inadmisible y, sin embargo, te deseo, Olivia. Te deseo tanto.

–Yo también –susurró ella.

No podía dejar de mirar el fiero rostro masculino, la tensa expresión mientras intentaba recuperar el control. Entonces, mientras ella lo miraba sin aliento, Zayed dio un paso adelante y, de repente, estaban besándose. El dique que los dos habían intentado levantar rompiéndose por fin, liberando un torrente de deseo.

Su boca era dura y suave al mismo tiempo, el beso dulce, sensual y sagrado. Y Olivia se lo devolvió con toda su alma. Zayed la tomó en brazos para sentarla sobre el escritorio, tirando papeles y libros al suelo. La pujanza de su deseo era imparable y se colocó entre sus muslos mientras saqueaba su boca, besándola posesivamente, exigiendo más.

Y ella se lo dio. En un frenesí de sensaciones, se entregó gustosamente porque, por imposible que fuese la situación, aquel hombre provocaba en ella un ardor incontenible y, al parecer, el sentimiento era mutuo.

Era un milagro, un asombroso e increíble milagro.

Sintió que Zayed tiraba de sus bragas y dejó escapar

un gemido mientras empujaba hacia su mano, incapaz de esperar ni un momento más para saciar su deseo, necesitándolo con cada fibra de su ser.

Zayed hurgó en su pantalón y, un segundo después, estaba dentro de ella. Olivia enredó las piernas en su cintura, fundiendo sus cuerpos tanto como era posible, disfrutando de la gloriosa sensación de placer, de unión.

Se sentía completa de nuevo, como si su cuerpo hubiera estado esperándolo. Cada embestida la enviaba al borde del precipicio y, enardecida, copiaba sus movimientos, aprendiendo el ritmo, encontrándolo de forma natural, como si aquello siempre hubiera sido parte de ella. Como si él siempre hubiera sido parte de ella.

Cuando se desplomó por el precipicio, un grito escapó de su garganta, como un canto de felicidad. Enterró la cara en el hombro de Zayed mientras los espasmos de placer sacudían su cuerpo, dejándola saciada y exhausta.

Unos minutos después, cuando recuperó la cordura, se dio cuenta de que habían vuelto a hacerlo. Habían vuelto a tener relaciones sin control, sin poner medidas para evitar un embarazo.

Unos segundos después Zayed se apartó de ella para abrocharse el pantalón. Su rostro parecía esculpido en piedra, sus ojos oscuros e insondables.

Olivia tiró hacia abajo del vestido y pasó una mano por la tela para alisar las arrugas, incapaz de mirarlo a los ojos. La maravillosa sensación de gozo remplazada por una de inquietud.

«¿Y ahora qué?».

—Parece que no puedo controlarme cuando estoy contigo —murmuró él, sin mirarla.

—Lo siento.

–No, soy yo quien lo siente. Soy yo quien debería pensar en mi reino, en mi gente, en mi deber.

Zayed se pasó las manos por la cara, como si así pudiera borrar el recuerdo de lo que acababan de hacer. Y Olivia entendió que esa furia iba dirigida contra sí mismo. Se sentía culpable y atormentado, estaba escrito en su cara.

–Zayed... –susurró. No sabía qué decir, solo quería ofrecerle consuelo, aunque temía no poder hacerlo.

–Tú no tienes idea –dijo él entonces, con un tono cargado de angustia–. Tú no sabes lo que está en juego.

–Sé que tu matrimonio con Halina es muy importante.

–Es más que eso, es esencial. Necesito que un líder político me reconozca y luche a mi lado por mi derecho al trono... Pero es algo más. Es lo que veo cada noche cuando me voy a dormir, cada vez que cierro los ojos.

–¿Qué ves, Zayed? Dime lo que ves.

Él sabía que no debería contarle nada. Ya le había contado más que suficiente, ya había hecho más que suficiente. No entendía lo fulminante que era su atracción por ella y lo asustaba esa intensidad. Cuando Olivia estaba a su lado era como si un torbellino de deseo se lo tragase, haciendo que todo lo demás dejase de tener importancia.

Ella tocó su brazo, sus dedos tan suaves como alas de mariposa.

–Por favor, dime qué es lo que te persigue por las noches.

Contárselo sería admitir una debilidad, una vergüenza. Él no hablaba de la muerte de su familia. Todo el mundo conocía los hechos, era parte de la historia del país, pero nadie sabía de sus pesadillas, de su impotencia. Sin embargo, quería contárselo, quería compartir esa carga, aunque fuese injusto.

—Cuéntamelo —insistió Olivia, con esa voz tan dulce que era un bálsamo para su atribulado espíritu.

Zayed dejó escapar un largo suspiro.

—Veo a mi padre y a mis hermanos pequeños en el helicóptero... estrellándose contra el suelo.

Olivia tenía que saber que los hombres de Malouf habían puesto una bomba en el helicóptero. Tenía que saber que habían intentado asesinar a su madre... y también que él había escapado del palacio como un cobarde. Nadie se lo diría a la cara, pero todo el mundo lo sabía. *Él* lo sabía.

—Cuánto lo siento, Zayed. No sabía que tú lo hubieras presenciado —Olivia apretó su brazo, como si así pudiera contagiarle su fuerza. Y tenía una fuerza increíble.

—Estaba en el palacio, viendo despegar al helicóptero que se llevaba a mi padre y mis hermanos —Zayed hizo una mueca de dolor. Iban a inaugurar un nuevo hospital, un hito en los servicios sanitarios de Kalidar que Malouf se había encargado de pulverizar en esos diez años—. Yo había decidido quedarme en el palacio porque me aburría la idea de ir a la inauguración. Acababa de regresar de Cambridge y el desierto me parecía tedioso. Mi padre me pidió que lo acompañase y yo le dije que no. Unos minutos después, el helicóptero estalló en llamas.

—Entonces tal vez deberías dar las gracias por haber estado tan aburrido —sugirió Olivia.

Él se apartó, como disgustado por la sugerencia.

—¿Dar las gracias? ¡Yo merecía haber muerto aquel día!

–Y si hubieras muerto, Kalidar no tendría un rey legítimo.

–¿Crees que no lo sé? –Zayed se sentía atrapado entre la furia y la desesperación–. ¿Por qué crees que no abandono la lucha? ¿Por qué crees que intenté secuestrar a Halina? Todo lo que hago, todo, es por ese recuerdo. Porque le fallé a mi familia una vez y no volveré a hacerlo nunca.

–Entiendo que eso te empuje a luchar, pero tú no pusiste la bomba en el helicóptero. Tú no envenenaste a tu madre.

De modo que Olivia también sabía eso. En realidad, todo el mundo sabía que Malouf había intentado asesinarla.

–Murió en mis brazos unos meses más tarde. Se dejó morir. Los médicos dijeron que no había sido por el veneno sino por el sufrimiento... porque no tenía razones para vivir –Zayed sintió un espasmo de dolor, como un cuchillo en sus entrañas.

–Sé lo doloroso que todo esto debe ser para ti. Mi madre murió cuando yo era pequeña. De cáncer, rápidamente. No la recuerdo bien, pero tengo fotografías... y son tan diferentes a lo que yo recuerdo de mi infancia. Mirarlas es como ver la vida de otra persona.

–¿Por qué? –le preguntó él.

–Cuando mi madre murió, mi padre se encerró en sí mismo. Contrató a una niñera para que me atendiese y luego me envió al internado. Era un extraño para mí, pero cuando miro esas fotografías me doy cuenta de que no siempre fue así. Antes de que mi madre muriese me abrazaba, me hacía cosquillas, me leía cuentos por las noches. Tengo fotografías que lo demuestran –el tono de Olivia se volvió melancólico–. Y eso me hizo creer que mi padre decidió alejarse de mí porque pensaba que yo no merecía su atención.

–Tal vez estaba tan dolido por la muerte de tu madre que no era capaz de cuidar de ti–sugirió Zayed.

–Tal vez –asintió ella–. Y tal vez tu madre murió porque no tenía fuerzas para seguir adelante, pero el desamor de mi padre fue un golpe terrible para mí, como si yo hubiera fracasado, como si no fuera suficiente.

Zayed la entendía muy bien. Que su madre se hubiese dejado morir había sido otro golpe tras el asesinato de su padre y sus hermanos. Un golpe terrible porque podrían haberse ayudado mutuamente y, sin embargo, ella había decidido rendirse.

–Lo siento –Olivia se puso de puntillas para acariciar su cara–. Lo siento mucho.

–No tienes por qué disculparte. Nada de eso es culpa tuya.

–De todas formas, siento que hayas tenido que sufrir tanto. Admiro tu fuerza, que hayas seguido luchando durante todos estos años. Ojalá yo tuviese tu coraje, tu convicción.

–Tú eres valiente –dijo Zayed, intentando sonreír–. Ya me lo has demostrado.

–¿Valiente? –Olivia se encogió de hombros–. No creo que lo sea, pero intento ser útil.

¿Útil? Parecía tan poca cosa. ¿Esperaría Olivia algo más de la vida? ¿El amor de un marido, unos hijos? Ellos no podrían formar una familia y, sin embargo...

–Prometo hacer todo lo que esté en mi mano para que tu matrimonio con Halina salga adelante –dijo Olivia entonces–. Le escribiré una carta al sultán, haré lo que haga falta.

La carta, la maldita carta. Zayed la miró en silencio durante unos segundos y luego tomó una decisión.

—No —dijo entonces—. No quiero que escribas esa carta. No quiero que te pongas en contacto con el sultán hasta que sepamos si estás embarazada.

—Pero...

—Y, después de lo que acabamos de hacer, tendremos que esperar unas semanas.

—Pero no puedes poner en peligro el futuro de tu país...

—Lo puse en peligro cuando te secuestré y enfurecí a Hassan. La reina se ha llevado a Halina a Italia, lejos de mis garras —le contó Zayed, esbozando una irónica sonrisa—. Aunque no volvería a intentar algo tan desesperado.

—¿Pero te pondrás en contacto con él para hacer las paces?

¿Cómo iba a hacer las paces con el sultán si ya tenía una esposa que podría estar embarazada?

—No lo haré hasta que sepamos cuál es tu situación.

Inconscientemente, Olivia se llevó una mano al abdomen.

—¿Y si estuviera embarazada?

—Entonces seguiremos casados —respondió Zayed, en un tono que no admitía réplica—. Si esperas un hijo mío, será mi heredero y el futuro rey de Kalidar.

Capítulo 10

OLIVIA miró las cumbres de las montañas cubiertas de nieve y dejó escapar un suspiro que era a medias feliz y desesperado. Llevaba dos semanas en Rubyhan y habían sido dos semanas maravillosas.

Sus conocimientos de francés e italiano eran útiles en la oficina de Zayed y, de vez en cuando, cuidaba del bebé de Lahela para que ella pudiese descansar.

El ambiente en el palacio era sorprendentemente alegre. Todo el mundo parecía trabajar con un mismo objetivo en mente: ayudar al príncipe, a quien eran increíblemente leales.

Por eso Zayed no compartía sus migrañas, sus preocupaciones o sus pesadillas con nadie. Se mostraba como una fortaleza sólida e inexpugnable porque todos dependían de él. Debía ser una carga terrible y, por eso, era un honor que hubiese compartido sus problemas con ella. Aunque parecía imposible, había una conexión entre ellos, y cada día era más profunda.

En esas semanas habían compartido muchos paseos por los jardines, muchas conversaciones. Empezaba a sentirse cómoda con él, a conocerlo de verdad, y eso hacía que cada día le importase más. Aunque era un error porque sabía que pronto terminaría todo, cuando se confirmase que no estaba embarazada.

¿Pero y si estaba embarazada y Zayed la quería como su reina?

Cuanto más tiempo pasaba con él, más claro veía lo considerado que era, cómo cuidaba de su gente y de ella. Temía estar enamorándose, pero eso sería un desastre porque Zayed se quedaría con ella por obligación, no por amor. Y no sabía si podría aceptar eso.

Alguien llamó a la puerta de su dormitorio y Olivia se dio la vuelta, pensando que sería Anna.

–Entra.

–Soy yo –Zayed apareció en la habitación, tan atractivo como siempre con un traje de chaqueta. Cuando no estaba con las tribus del desierto solía usar ropa occidental, algo a lo que se había acostumbrado en Cambridge.

Olivia disfrutaba conociendo detalles de su personalidad. Prefería el café al té, le encantaba el jazz, usaba gafas para leer y le gustaba Agatha Christie, algo que la hizo sonreír.

–Hola, Zayed –lo saludó, intentando contener los locos latidos de su corazón–. ¿Cómo estás?

–Bien –respondió él, apoyando un hombro en el quicio de la puerta–. Han pasado dos semanas.

–Trece días, para ser exactos.

–Deberías hacerte una prueba de embarazo.

–¿Y de dónde vamos a sacarla? –le preguntó ella.

–Haré que la traigan mañana. Es mejor saberlo, Olivia.

–Sí, supongo que sí.

De modo que a partir del día siguiente, todo aquello podría haber terminado. La enviaría de vuelta al palacio de Abkar y abriría las negociaciones con el sultán sobre su matrimonio con Halina. ¿Y por qué la angustiaba tanto esa posibilidad?

–Mañana vendrá a cenar un diplomático francés –dijo Zayed abruptamente.

–¿Aquí?

–Sí, aquí.

–¿Vas a traerlo junto con la prueba de embarazo? –le preguntó ella, burlona.

–En el mismo helicóptero, aunque obviamente son cuestiones distintas–respondió él, esbozando una sonrisa–. He pensado que tal vez te gustaría cenar con nosotros.

Olivia lo miró, sorprendida. Aunque disfrutaba de su estancia en Rubyhan, sentía como si estuviera escondida del mundo, como si fuera el oscuro secreto de Zayed. No esperaba que le presentase a un diplomático, alguien importante, miembro oficial de un gobierno extranjero.

–¿En serio?

–Tú hablas francés – subrayó él.

–Sí, pero...

–Si cenas con nosotros, la cena será menos formal y eso es importante en esta fase de las negociaciones.

–No te entiendo.

–El gobierno francés podría estar dispuesto a apoyarme contra Malouf –le explicó Zayed–. Este será un primer encuentro.

–Muy bien. ¿Y cómo vas a presentarme?

–Sencillamente, como una acompañante. No creo que Pierre Serrat haga preguntas indiscretas. Después de todo, es diplomático.

Aquello era tan inesperado, pensó Olivia. Claro que las últimas semanas habían estado llenas de momentos inesperados. Se había sentido más feliz allí que en el palacio del sultán, un hecho que la entristecía un poco.

Si tenía que despedirse de Zayed haría algo diferente con su vida, se prometió a sí misma. Iría a París, encontraría un trabajo, viviría de forma independiente. Esa idea la emocionó.

Estaba enamorándose de él, tuvo que reconocer entonces. Cada día que pasaba en su compañía se enamoraba un poco más y no podía hacer nada al respecto.

–Gracias, Olivia.

–De nada –murmuró ella.

Zayed salió de la habitación y ella se quedó mirando la puerta, deseando saber qué pasaba por su cabeza. ¿Esperaría que no estuviese embarazada para librarse de ella lo antes posible?

«Por supuesto que sí».

Por agradable que hubiera sido durante esas semanas, Zayed era un hombre con una misión que ella entendía y con la que simpatizaba. Necesitaba la cooperación del sultán y su matrimonio podía poner esa cooperación en peligro.

Era tan tonta que casi se había atrevido a soñar con una vida a su lado. No, sería mucho mejor para los dos que no estuviese embarazada.

Pasó la mañana leyendo documentos en francés sobre los programas sociales que Zayed tenía previstos para Kalidar y preguntándose por la visita de Serrat. ¿De qué iban a hablar? ¿Y por qué quería Zayed que estuviese presente en la cena?

Anna fue a buscarla por la tarde y Olivia se quedó sorprendida al ver que su habitación había sido transformada en un salón de belleza.

–El príncipe ha pensado que disfrutaría de un tratamiento especial –dijo la joven, esbozando una sonrisa.

Olivia pasó las horas siguientes siendo mimada, masajeada, peinada y acicalada. Cuando por fin salió del baño, envuelta en un albornoz de algodón, se sentía reluciente.

Anna había dejado sobre la cama un vestido de noche de color azul turquesa, con un cinturón de pedrería y zapatos a juego. Era el vestido más bonito que había visto nunca.

Después de ponérselo, una de las estilistas le hizo un moño suelto, con dos mechones cayendo alrededor de la cara.

—Me siento como Cenicienta –dijo Olivia, riendo. Pero debía recordar que no lo era. De hecho, si no estaba embarazada pronto darían las doce y el sueño se esfumaría.

Y si lo estaba...

—El príncipe y el señor Serrat están esperando –anunció Anna.

Con el corazón acelerado, Olivia siguió a la ayudante hasta un salón privado frente a los exuberantes jardines del palacio, algo increíble en medio de unas montañas.

—Ah, aquí está –Zayed se volvió con una sonrisa alentadora y devastadora al mismo tiempo. Llevaba un esmoquin que le quedaba de maravilla, la camisa blanca haciendo contraste con su bronceada piel–. Señor Serrat, le presentó a Olivia Taylor.

El hombre, de mediana edad y escaso pelo, esbozó una amable sonrisa.

—Encantado de conocerla, *mademoiselle*.

—*C'est un plaisir, monsieur* –lo saludó Olivia.

—Ah, habla mi idioma.

—*Mais oui, bien sûr* –dijo ella, dando un paso adelante.

Se sentía tan guapa, tan segura de sí misma. Nunca se había sentido así. Le ofreció su mano y el hombre se la llevó a los labios en un gesto cortés, típico de un diplomático.

Olivia miró a Zayed y vio un brillo en sus ojos, tal vez de orgullo o satisfacción, y eso acrecentó su seguridad. Y no era solo por el maravilloso vestido sino por él. Saber que la necesitaba, que la quería a su lado, hacía que sintiera confianza en sí misma.

Charlaron amablemente mientras tomaban una copa de champán. Serrat le preguntó dónde había aprendido francés, qué países de Europa conocía.

–¿Y qué le parece esta zona del mundo? –le preguntó luego–. Es muy diferente a Europa.

–He vivido en Abkar durante varios años, así que estoy acostumbrada al desierto. Creo que es precioso, aunque de una belleza huraña, salvaje.

–Bien dicho –respondió el cónsul, levantando su copa.

Siguieron charlando mientras cenaban... cinco platos que podrían ser servidos en un restaurante con estrellas Michelin en París. Serrat no hizo preguntas indiscretas sobre su relación y tampoco habló de política. Olivia sospechaba que ya lo habría hecho por la tarde con Zayed.

Mientras cenaban, fantaseó que aquella era la realidad, que Zayed había recuperado el trono y ella era su reina, que estaban recibiendo al cónsul francés como un equipo. Era un sueño precioso, pero no debería fantasear sobre algo que nunca se haría realidad. Aunque Zayed quisiera retenerla a su lado, no sería la relación amorosa con la que ella soñaba. Pero tal vez eso llegaría con el tiempo...

¿Era una locura hacerse ilusiones? La verdad era que quería estar embarazada para seguir a su lado, aunque él no estuviese enamorado.

Olivia brillaba como una joya y Zayed tenía que hacer un esfuerzo para no tocarla. Había tomado la decisión acertada al pedirle que acudiese a esa cena porque Serrat parecía relajado charlando con una mujer occidental. Habían hablado por la tarde en su despacho sobre su reivindicación al trono de Kalidar y el gobierno francés estaba dispuesto a apoyarlo contra Malouf, pero querían asegurarse de que su intención era modernizar el país. ¿Y qué mejor manera de demostrarlo que casándose con una mujer occidental?

Cuando Jahmal le contó que Hassan había enviado a Halina a Europa y se negaba a aceptar su regalo, Zayed decidió que necesitaba una alternativa. Y, de repente, se dio cuenta de que Olivia podía ser esa alternativa, aunque no estuviese embarazada.

Desde luego, habría preferido una esposa con contactos en la región, pero su formación como hija de un diplomático, su dominio de varios idiomas y que fuese europea eran puntos a su favor. Si, además, estaba esperando un hijo suyo, aún mejor.

Era más de medianoche cuando Serrat se despidió y los dejó solos en el comedor. Zayed no dejaba de mirar el esbelto cuerpo envuelto en la túnica, el bordado de lentejuelas haciéndola brillar como una llama azul.

–Lo has hecho muy bien –le dijo en voz baja–. Has estado perfecta.

–No he hecho gran cosa –respondió Olivia–. Solo conversar sobre temas mundanos.

–Y eso era lo que yo necesitaba –insistió Zayed, desesperado por hacerle el amor.

Había luchado contra ese deseo durante toda la noche. Llevaba diez días sin tocarla, desde aquel momento de locura en su despacho. No podía creer que hubiese perdido el control de ese modo... pero había sido tan maravilloso. No se cansaba de ella. ¿Y por qué iba a cansarse? Era su mujer y podía seguir siéndolo.

–¿Crees que Francia apoyará tus reivindicaciones? –le preguntó Olivia.

Al ver sus pupilas dilatadas, Zayed supo que ella sentía lo mismo. El aire parecía cargado de electricidad.

–Eso espero. Serrat volverá a Francia con un informe favorable, no tengo la menor duda. Y, en parte, será gracias a ti –le dijo, tirando de su mano y aplastándola contra su cuerpo–. Quiero hacerte el amor, Olivia. Llevo toda la noche queriendo hacer el amor contigo. No, en realidad desde hace diez días. Es una agonía.

Ella rio suavemente.

–Yo no quiero que sufras.

–Tú eres la única que puede aliviar ese sufrimiento –murmuró él, apretándola contra su torso para que notase la potencia de su erección.

Olivia echó la cabeza hacia atrás para mirarlo a los ojos, tan abierta, tan confiada. No se cansaba de ella. Cuando le dijese que la quería como su reina, estuviese embarazada o no, ella no pondría objeciones, de eso estaba seguro.

Zayed inclinó la cabeza para buscar sus labios, tan frescos y dulces. Le encantaba lo suave que era, lo manejable.

–Podría entrar alguien... –protestó ella.

–No entrará nadie mientras yo esté aquí.

–Pero esperan que salgamos. Y estarán cansados

porque han estado sirviéndonos toda la noche. No los hagamos esperar más.

–¿Estás pensando en el servicio?

Olivia hizo una mueca.

–Llevo cuatro años como empleada en un palacio y entiendo muy bien lo que sienten.

–Sí, tienes razón –asintió él–. Además, me gustaría hacerte el amor en una cama. En mi cama.

–¿De verdad crees que debemos...?

–Te deseo y sé que tú me deseas a mí. Es así de sencillo.

–Sí, pero...

Zayed la silenció con un beso.

–Esta noche es para nosotros. Solo para nosotros –susurró, sobre sus labios.

Y cuando ella le devolvió el beso, supo que tenía su consentimiento, su rendición.

En silencio, apretando su mano, la llevó por largos y oscuros pasillos, con la luna asomando por los ventanales. Su mano parecía tan pequeña y delicada.

Por fin, llegaron a su dormitorio, con una cama enorme y una sola lamparita encendida, el escenario perfecto para la seducción. Salvo que aquella no era una seducción, pensó Zayed. Los dos deseaban aquello, disfrutaban el uno del otro.

En cuanto cerró la puerta se volvió hacia Olivia y ella dio un paso adelante. Sus cuerpos chocaron, sus miembros se enredaron como por decisión propia. La empujó suavemente hacia la cama y ella se pisó el bajo del vestido. El delicado material se desgarró, pero daba igual. No le importaba nada más que tenerla entre sus brazos.

Un simple tirón de la cremallera y el vestido se deslizó hasta el suelo, dejándola solo con el sujetador y las bragas. Olivia temblaba y se dio cuenta de que estaba nerviosa. La primera noche era virgen y la última vez había sido apresurada y urgente. Aquel encuentro le parecía distinto.

–Eres preciosa –dijo en voz baja, pasando las manos por sus caderas–. Absolutamente preciosa.

Esbozando una pícara sonrisa, Olivia empezó a desabrochar los botones de su camisa. Le temblaban los dedos mientras lo hacía, pero el ronco gemido de Zayed la animó a poner las manos sobre su torso.

–Tú también eres muy apuesto –musitó.

La sangre rugía en las venas de Zayed. Aquella mujer lo inflamaba y la atrajo hacia él con urgencia. Quería ir despacio, pero la deseaba tanto...

Cayeron en la cama con los miembros enredados, manos y bocas buscando retazos de piel desnuda. Pasó una mano por el interior de sus muslos y Olivia le echó los brazos al cuello, tan desesperada como él.

Zayed buscó un preservativo en el cajón de la mesilla y, sin perder un momento, se enterró hasta el fondo en su húmeda cueva. Y cuando Olivia lo recibió levantando las caderas, se olvidó de todo... salvo de ella.

Capítulo 11

AH, AQUÍ estás. Han traído la prueba de embarazo.

Intentando disimular su agitación, Olivia tomó la cajita que Zayed le ofrecía. Había pasado la noche entre sus brazos, pero no sabía lo que pensaba y le faltaba valor para preguntárselo. Y después de la intimidad que habían compartido por la noche, eso era deprimente.

Olivia recordaba con qué ternura la había abrazado, las palabras cariñosas que había murmurado en su oído, cómo la había tocado, con reverencia, como si fuera un tesoro. Y así era como se había sentido ella. Había dormido entre sus brazos y había despertado por la mañana con una sonrisa en los labios.

—¿Debo hacérmela ahora mismo?

—¿Por qué no? —respondió Zayed, con un tono tan hermético como su expresión.

¿Tanto temía que estuviese embarazada? Si lo estaba, ¿se sentiría atrapado? ¿Vivir atado a ella le resultaría insoportable?

—Muy bien —murmuró.

—Yo esperaré aquí.

En silencio, Olivia entró en el cuarto de baño y cerró la puerta. Dejó la cajita sobre el borde del lavabo, intentando controlar los locos latidos de su corazón. Estaba nerviosa y tenía la horrible impresión de que era porque temía no estar embarazada. Temía que Zayed le dijese adiós. ¿O le preocupaba estar embarazada y tener que quedarse? El problema era que no sabía lo que sentía. Todo era tan confuso... y la expresión inescrutable de Zayed no ayudaba nada.

Pero no tenía sentido analizar sus emociones hasta que supiera la verdad. Armándose de valor, abrió la caja y leyó las instrucciones. Dos rayas estaría embarazada, una sola raya no lo estaría.

Tres minutos después, tomó la prueba para leer el resultado, con los nervios sorprendentemente templados. Esos tres minutos de espera habían sido una agonía, pero ahora que había llegado el momento se sentía más calmada porque tenía que saber, por ella, por su propia cordura. A pesar de ello, el resultado fue como una bofetada, un puñetazo en el plexo solar.

Una sola raya. No estaba embarazada.

Olivia se dejó caer sobre el borde de la bañera, con el corazón encogido. Sentía una decepción total, enfermiza. Sus ojos se llenaron de lágrimas y parpadeó para controlarlas, impaciente consigo misma. Aquello era lo mejor, tenía que serlo.

Si hubiera estado embarazada, Zayed se habría sentido obligado a mantenerla a su lado y acabaría resentido con ella. Esa no era la mejor forma de criar a un hijo y mucho menos de encontrar la felicidad.

Sí, aquello era lo mejor, se dijo a sí misma.

–¿Olivia? –la llamó él–. ¿Has terminado?

No podía dejar que notase su decepción, pensó, asustada. No quería que supiera que había querido quedarse. Sería demasiado humillante.

–Sí, ya he terminado.

–¿Y bien? –Zayed parecía impaciente.

–Ya salgo –Olivia miró la prueba por última vez antes de tirarla a la papelera y después se lavó las manos.

«Esto es lo mejor, tú lo sabes. No habrías querido que Zayed se sintiera atrapado. Tú no habrías querido sentirte atrapada».

Tomando aire, salió del cuarto de baño.

–No estoy embarazada.

–¿No lo estás? –Zayed parecía sorprendido.

–Era de esperar. Y es un alivio para los dos, ¿no?

–Sí, claro –murmuró él, sin mirarla.

–Así que retomarás las negociaciones con el sultán y yo... –Olivia hizo una pausa, preguntándose qué iba a hacer, dónde iría desde allí. El futuro le parecía un agujero negro–. Yo haré otros planes.

–¿Y qué planes son esos?

–Eso no es asunto tuyo, ¿no?

–Eres mi mujer. Claro que es asunto mío.

–Tú sabes que no soy tu mujer de verdad.

–Eres mi mujer en todos los sentidos –insistió él–. ¿O has olvidado lo que pasó anoche?

No lo había olvidado. De hecho, viviría con el recuerdo de esa noche durante el resto de su vida.

–Claro que no.

–Hasta que esto esté resuelto del todo, no harás ningún plan.

Sus palabras le ofrecían un rayo de esperanza, pero no debía hacerse ilusiones. Era mejor irse, empezar de nuevo. Quedarse con él prolongaría la agonía de soñar con algo que no podía ser.

–Tienes que concentrarte en Halina y el sultán. Yo no puedo ayudarte.

–Halina querrá hablar contigo.

¿Y qué podría decirle? La conversación sería desoladora para las dos.

–¿Ha vuelto a Abkar?

–No lo sé. El sultán se niega a aceptar mis mensajes, así que no podemos retomar las negociaciones por el momento.

Le sorprendió que pareciese tan despreocupado cuando le había dicho tantas veces lo importante que era aquel matrimonio para su alianza con Hassan.

–¿Entonces qué vas a hacer?

Zayed la miró en silencio durante unos segundos.

–He pensado que podríamos seguir casados –respondió por fin.

–¿Y yo no tengo nada que decir? –preguntó Olivia, intentando no hacerse ilusiones.

–Por supuesto que sí, por eso estamos discutiéndolo.

–No sabía que estuviéramos discutiendo nada.

Zayed atravesó la habitación para sentarse en un diván frente a la ventana.

–Vamos a hablar razonablemente.

–Muy bien –Olivia se sentó en un sillón, a su lado–. Cuéntame qué has pensado.

Zayed sabía que debía tratar el asunto con prudencia porque lo que para él era evidente tal vez no lo sería para ella.

–He pensado que tener una esposa occidental, hija de un diplomático, podría ser bueno para mi causa.

–Mi padre era diplomático, pero yo no lo soy.

–Pero hablas varios idiomas, has vivido en diferentes países. Lo creas o no, eres una mujer de mundo.

–Con muy poca experiencia en casi todo.

–Te encontrabas a gusto con las mujeres en el desierto, con Serrat anoche. Lo haces todo de forma natural.

–¿Y la alianza con Hassan que era tan importante para ti?

–Me arriesgué cuando intenté secuestrar a Halina. No ha salido bien y debo buscar otros aliados. Además, si el gobierno francés me apoyase, no necesitaría a Hassan.

–Tampoco me necesitas a mí.

–Tal vez no de igual modo –asintió él.

Jahmal había dicho lo mismo cuando se lo comentó. A ojos de su consejero, Olivia seguía siendo una simple criada y había otras mujeres con las que sería más apropiado contraer matrimonio.

–¿De qué modo me necesitas, Zayed?

Era una pregunta difícil de responder. ¿Actuaba Olivia de forma pragmática, como hacía él, o estaba pidiéndole algo más? ¿Estaba pidiéndole amor? No, eso sería absurdo, pensó.

–Ya estamos casados –respondió. Sabía que estaba dando rodeos, pero debía ser cauto.

–Pero hasta hace poco querías librarte de mí lo antes posible. ¿Qué ha cambiado?

Sí, había querido librarse de ella porque tenía que hacerlo. Pero ahora era diferente y no le gustaba que Olivia le preguntase la razón.

–He visto las ventajas de nuestro matrimonio –respondió por fin–. Y como sería difícil obtener el divorcio o la anulación, creo que tiene sentido que sigamos casados. Además entre nosotros hay cierta química, ¿no crees? Eso es importante.

–No lo sé –murmuró ella.

–Tampoco yo, si quieres saber la verdad. Antes de ti,

no había estado con una mujer desde mi época en Cambridge.

–¿No has tenido relaciones con nadie en diez años?

Zayed se encogió de hombros.

–La cuestión es que estamos bien juntos y tú eres un activo para mí.

–Un activo –repitió ella.

Zayed tuvo la impresión de que había elegido mal la palabra.

–Sería un honor que fueras mi esposa –dijo entonces.

Olivia esbozó una sonrisa.

–¿Es una proposición?

–Un poco tarde, pero sí.

Esperó, más tenso de lo que debería. Su respuesta le importaba. Si hubiese estado embarazada la cuestión habría quedado resuelta, pero no lo estaba y se veía obligado a convencerla de las ventajas de seguir casados. ¿Y si decía que no? ¿La dejaría ir? Esa posibilidad hizo que sintiera una angustia inesperada.

–¿Qué clase de matrimonio sería? –le preguntó Olivia.

–Un matrimonio normal, un matrimonio de verdad.

–Un matrimonio de verdad significa un matrimonio por amor.

–¿Eso es lo que quieres, amor?

–He soñado con ello, sí. Creo que todas las mujeres lo hacen.

–Sí, es cierto –Zayed vaciló. Quería tranquilizarla, pero no podía prometerle amor.

–Sé que no me quieres y no espero una declaración de amor –Olivia esbozó una sonrisa triste–. Tu expresión ahora mismo... estás horrorizado.

–Lo siento.

–No pasa nada. Es que tengo que pensarlo. No sé si es algo a lo que pudiese renunciar.

–No hay nada peor que ser esclavo de las emociones.

–¿Así es como lo ves, como una forma de esclavitud?

Zayed se encogió de hombros.

–Te atrapan, te hacen prisionero.

–¿Has estado enamorado alguna vez?

–No, pero he perdido a mucha gente a la que quería y no deseo volver a sentirme... vulnerable otra vez –respondió él, apretando los puños. Se sentía vulnerable incluso admitiendo eso en voz alta.

–Sí, claro. Lo entiendo.

–¿De verdad? –Zayed experimentó una oleada de alivio y esperanza–. ¿Entonces...?

–Tengo que pensarlo. Estamos hablando de una decisión fundamental. No es algo que pueda ser decidido en un momento.

–Sí, por supuesto.

–Aunque entiendo tu deseo de resolver esta situación lo antes posible.

–Es muy considerado por tu parte.

Sonrieron a la vez y allí estaba la chispa que había siempre entre ellos. La deseaba, estaba escrito en su rostro.

–Nos entendemos bien, Olivia.

–En ese sentido, sí –murmuró ella, apartando la mirada.

–No debemos quitarle importancia –Zayed hizo una pausa, decidido a convencerla, a sellar el trato–. Yo creo que podría hacerte feliz.

Y lo decía de corazón. Podía hacerla feliz y quería hacerlo. En las últimas semanas había disfrutado viéndola sonreír y la noche anterior, cuando la sintió despertar a la vida entre sus brazos, casi se había emocionado. Olivia había vivido siempre contenida, sin emociones, en la sombra. Él podría darle mucho más si conseguía recuperar el trono. Y lo haría. Pronto, muy pronto.

Olivia asintió, pensativa, aunque no parecía convencida del todo.

—¿Por qué no me acompañas mañana? —le preguntó Zayed entonces.

—¿Dónde?

—Voy a visitar los pueblos de alrededor, para ver a mi gente y para que ellos vean que estoy vivo.

—¿Crees que debo acompañarte cuando aún no hemos tomado una decisión?

Probablemente no, pero la quería a su lado. Quería demostrar a su gente, y a la propia Olivia, que podía ser su reina, que era su reina.

—Es una oportunidad para que veas cuál sería tu papel y para que mi gente te conozca.

—¿Y si el matrimonio fuese anulado?

Zayed se encogió de hombros.

—Entonces tendría que dar muchas explicaciones —respondió, inclinándose hacia delante—. Pero danos una oportunidad, Olivia. Dale una oportunidad a Kalidar.

Ella dejó escapar un largo suspiro.

—Muy bien —dijo por fin. Aunque sonaba como una concesión, no como algo que quisiera hacer—. Iré contigo.

Capítulo 12

EL VIENTO hacía volar el pelo de Olivia mientras el jeep saltaba sobre las dunas. Habían bajado del helicóptero una hora antes y desde entonces viajaban bajo un sol de color amarillo limón. Después de la fresca temperatura de Rubyhan, el desierto le parecía abrumador, como entrar en un horno.

Además de tener calor, estaba agotada. Apenas había dormido la noche anterior pensando en la «proposición» de Zayed, por poco romántica que hubiera sido.

¿Qué había esperado, que le confesase su amor? Ella sabía que no la amaba. Se lo había propuesto empujado por el sentido del deber hacia su país, hacia su gente. Esperaba que su matrimonio lo ayudase a recuperar su trono.

¿Y ella?

Esa era la pregunta a la que temía responder.

Zayed la miró con una sonrisa en los labios, los ojos brillantes bajo la severa luz del desierto.

—Llegaremos enseguida —le dijo, apartando la mano del volante para apretar la suya. Y, como siempre, Olivia experimentó un cosquilleo que la recorría de la cabeza a los pies.

Como él había dicho, la química que había entre ellos no debía ser descartada. ¿Pero sería eso suficiente?

El jeep siguió dando saltos y Olivia cerró los ojos mientras todas esas preguntas daban vueltas en su cabeza.

Veinte minutos después, llegaron a un poblado con casas de adobe. La gente salió a recibirlos, mirando con curiosidad a la mujer que acompañaba al futuro rey de Kalidar, su futura reina. ¿Podría ella ser esa persona? ¿Quería serlo?

–¿Quién les dirás que soy? –le preguntó en voz baja.

–Mi reina –respondió él sencillamente–. Porque eso es lo que eres.

–Zayed....

Aquel no era ni el sitio ni el momento para discutir, pero Olivia se sentía atrapada. ¿La habría invitado a ir allí para convencerla? Cuanta más gente la viese como su reina, más se vería ella a sí misma en el papel, ¿no?

Y a más gente decepcionaría si se echaba atrás, pensó entonces. Pero no quería seguir dándole vueltas a una situación que, por el momento, no era capaz de resolver.

Pasaron el día visitando las casas, inspeccionando la nueva escuela, escuchando a los niños cantar y tomando té con el jefe de la tribu.

Por la tarde, estaba agotada y un poco abrumada, pero se sentía feliz. Tenía un papel allí, y uno que parecía hacer sorprendentemente bien. Su dominio del árabe había mejorado mucho en esas semanas y le gustaba charlar con la gente.

Después de una vida entera en la sombra, por fin su vida parecía tener sentido gracias a Zayed. ¿Quién hubiera podido imaginar que se sentiría realizada haciendo algo que era tan nuevo para ella? Daba igual lo que le deparase el futuro, Olivia sabía que sería una persona mejor, más valiente, gracias a él.

Cuando cayó la noche estaba dispuesta a irse a la cama y dormir durante horas. Las mujeres la habían llevado a la mejor casa del poblado, con un dormitorio sorprendentemente suntuoso, considerando lo poco que tenían. Olivia les dio las gracias y empezó a desnudarse cuando la dejaron sola. Estaba quitándose el pañuelo y poniéndose un caftán cuando la puerta se abrió.

—Zayed... ¿qué haces aquí? —exclamó, sorprendida.

—Dormir, como tú.

—Pero... la gente pensará que estamos casados.

—Eso parece —dijo él, sin inmutarse.

—¿Se lo has dicho?

—No les he dicho lo contrario.

Olivia se dejó caer sobre la cama.

—¿Quieres ponérmelo difícil para que tenga que aceptar tu proposición?

Zayed se quitó la túnica de lino, descubriendo su musculoso y bronceado torso.

—Tal vez —admitió, con un brillo travieso en los ojos—. Tú sabes que nos entendemos muy bien.

—En la cama —murmuró ella.

—En todos los sentidos. Hoy, por ejemplo, estabas en tu elemento con la gente del pueblo. Lo has pasado bien, ¿verdad? Hablando con la gente, escuchando sus problemas. Durante toda tu vida adulta has sido discreta y circunspecta, pero no tiene por qué seguir siendo así.

Era lo que ella misma había pensado. Entonces, ¿por qué seguía resistiéndose? ¿Por qué luchaba contra lo que Zayed le ofrecía cuando era mucho más de lo que había tenido nunca, de lo que había soñado tener?

Sabía que se resistía por miedo. Tenía miedo de amarlo desesperadamente mientras él solo sentía deseo y tal vez afecto por ella.

Sin embargo.... ¿sería tan horrible? ¿No podía vivir sin amor? Había vivido siempre con mucho menos. Disfrutaba de su compañía y cuando hacían el amor era como estar en el paraíso. Y cuando tuviesen hijos...

–¿Por qué te resistes? –insistió Zayed–. ¿Por qué luchas contra nosotros?

–Es una decisión importante –respondió ella–. Que tú hayas llegado a cierta conclusión no significa que yo haya hecho lo mismo.

–Pero estás empezando a hacerlo –sugirió él.

Olivia no podía negarlo. Ni siquiera sabía si quería hacerlo. ¿Qué era el amor de todas formas? Una emoción efímera, nada a lo que uno pudiera agarrarse para siempre. Zayed estaba ofreciéndole mucho más que nadie. ¿Por qué no aceptaba? ¿Por qué no aceptar la felicidad cuando tenía oportunidad de hacerlo?

–Olivia –murmuró él, abriendo los brazos.

No tuvo que decir nada más. Ella dio un paso adelante y apoyó la cabeza en su hombro. Se quedaron así, en silencio, abrazados, durante unos segundos.

«Te quiero».

¿Cómo podía haberse enamorado tan rápidamente?, se preguntó. Pero no podía decirlo en voz alta. Él no querría escuchar esas palabras, ni ahora ni nunca.

Sonriendo, Zayed la guio hacia la cama. Al dar un paso atrás, Olivia notó un fuerte pinchazo en el tobillo, pero antes de que pudiese decir nada experimentó una extraña sensación de frío que la paralizó por completo. Intentaba hablar, pero no era capaz.

–¿Qué te ocurre? ¿Olivia...?

Por el rabillo del ojo, Zayed observó un movimiento a sus pies. Cuando se dio la vuelta vio la sinuosa forma de una cobra negra deslizándose por el suelo y escapando por debajo de la puerta.

Alarmado, gritó pidiendo ayuda. Olivia estaba rígida y tenía los ojos vidriosos. A toda prisa, la colocó sobre la cama y buscó la huella del mordisco. Encontró la marca de los colmillos de la cobra en el tobillo y rasgó su túnica para hacerle un torniquete en la pierna y aislar el veneno, rezando para que no fuese demasiado tarde.

Unos segundos después, Jahmal entraba en la casa, seguido de varios guardias armados.

—¿Qué ocurre, Alteza?

—Una cobra negra —respondió Zayed—. ¿Hemos traído el antídoto?

—Voy a buscarlo.

Su consejero desapareció a toda velocidad y Zayed se volvió hacia Olivia, sintiéndose impotente al ver su mirada perdida, su cuerpo sacudido por convulsiones provocadas por el veneno que la serpiente había inoculado en su sistema nervioso.

La mordedura de la cobra negra estaba entre las más peligrosas del mundo, con un alto índice de mortalidad, especialmente en zonas tan remotas como aquella.

Maldita fuera, ¿por qué no había inspeccionado la casa? Después de diez años viviendo en el desierto sabía que debía hacerlo, pero estaba consumido por el deseo, por la promesa que había visto en sus ojos. Y ahora estaba allí, impotente, apretando su mano, con la vida de Olivia en peligro y la suya propia... porque ella era su vida.

Ese pensamiento lo dejó conmocionado.

La amaba, tuvo que reconocer entonces. Y, de nuevo, iba a tener que ver sufrir a una persona querida, tal vez incluso morir. Era insoportable. No, otra vez no, nunca más.

—Resiste, Olivia —susurró, intentando imbuirle fuerza—. Resiste, por favor.

Las siguientes horas fueron un borrón de angustia y miedo. Jahmal le administró el antídoto y Zayed la ayudó a vomitar, retorciéndose de dolor... un dolor que él sentía como si fuera el suyo propio. Desearía evitarle ese sufrimiento, pero, como siempre, no podía hacer nada. Y no sabía si podría vivir con eso de nuevo.

Habían llevado a su médico personal en helicóptero desde Arjah, pero Zayed no se apartaba de su lado, no podía hacerlo.

—¿Sobrevivirá? —le preguntó.

El hombre sacudió la cabeza.

—Es imposible saberlo, Alteza. Usted sabe lo peligrosas que son las mordeduras de cobra.

—Pero una persona puede sobrevivir si el veneno no se ha extendido.

—Si se ha extendido lo sabremos en un día o dos —respondió el médico.

Zayed sabía que iban a ser los días más angustiosos de su vida.

Cuarenta y ocho horas después, Olivia abrió los ojos y se pasó la lengua por los labios resecos.

—*Habibi* —murmuró Zayed. El término cariñoso salió de sus labios sin que se diera cuenta—. Estás despierta.

Muy despacio, como si moverse fuese doloroso, Olivia abrió la boca para decir algo, pero de su garganta solo salió un suspiro.

—No digas nada, no te esfuerces —dijo él, aliviado e inquieto al mismo tiempo. Si estaba despierta, había sobrevivido al veneno. Y, aunque se sentía agradecido, no sabía si podría soportar algo así de nuevo. Había vivido toda su vida en peligro, temiendo por sus seres queridos, llorando su pérdida.

Jahmal, que acababa de regresar de Rubyhan, estaba esperándolo en su habitación con gesto alarmado.

–¿Qué ocurre? –le preguntó Zayed. Llevaba dos días sin dormir y apenas era capaz de mantenerse en pie–. ¿Por qué me miras como si el mundo estuviera hundiéndose bajo tus pies?

–Tal vez porque es así, Alteza.

–¿Qué quieres decir?

–Hemos recibido un mensaje de Serrat. Dice que lo lamenta, pero que el gobierno francés no está dispuesto a apoyar sus reivindicaciones por el momento.

Zayed se dejó caer sobre la cama, pasándose las manos por el pelo. Después del éxito de la cena, había esperado que la respuesta fuese positiva.

–¿Ha dicho por qué?

–No ha dado ninguna razón, Alteza.

–Habrá otros –murmuró Zayed.

Pero el rechazo del gobierno francés era un golpe terrible que lo sacó del estupor en el que había estado sumido durante los últimos dos días.

–Debería volver a Rubyhan y hablar con Serrat y el sultán de nuevo –sugirió Jahmal–. Antes de que Malouf se entere de esto y lance ataques más atrevidos.

–Pero Olivia... –Zayed no terminó la frase al ver la expresión desdeñosa de su consejero. Él era un príncipe, sería un rey cuando pudiese volver a Arjah para ser coronado. Era el líder de su pueblo y tenía un deber que cumplir. Eso era lo primero, más importante que el deber hacia una mujer con la que se había casado por error. Además, Olivia estaba mejorando y no podía hacer nada más por ella–. Prepáralo todo. Nos iremos dentro de una hora –anunció.

–Muy bien, Alteza.

Después de lavarse y cambiarse de túnica, Zayed fue a buscar al médico.

–Parece que Olivia se encuentra mejor, ¿no?

–Creo que lo peor ha pasado, pero aún no sabemos si el veneno ha provocado daños permanentes.

–¿Qué clase de daños?

–En los órganos internos, los músculos, incluso el cerebro. Espero que no sea así, Alteza, espero que el veneno no se haya extendido, pero no puedo hacer ninguna promesa.

–No, claro –murmuró Zayed, con el corazón encogido. Si el veneno se había extendido sería culpa suya por haberla llevado allí, por haberla secuestrado–. Cuídela, por favor. No se aparte de su lado. Y cuando esté bien, encárguese de su traslado a Rubyhan.

–Por supuesto, Alteza.

Zayed entró en la habitación para despedirse de ella. Estaba dormida, su rostro pálido, el pelo oscuro extendido sobre la almohada, las pestañas casi rozando sus mejillas. Apenas abultaba bajo la sábana, su cuerpo era tan frágil, tan delicado.

Se sentó a su lado y tomó su mano. Una docena de recuerdos daban vueltas en su mente: esa primera noche, su explosivo encuentro, cómo había cuidado de las mujeres y los niños tras el ataque de Malouf. Olivia en los jardines del palacio, con el bebé de Lahela sobre su regazo, con un aspecto tan feliz. Cómo se había entregado a él, libremente, del todo, a pesar de no tener experiencia. Los tormentosos ojos azules, su preciosa sonrisa.

Había tomado una decisión, pero era una agonía. El amor dolía tanto.

No quería dejarla, pero sabía que debía hacerlo. Y tal vez era lo mejor. No quería amarla, no había querido arriesgarse a sufrir otra vez. Si se iba, recuperaría la distancia emocional que necesitaba. Sí, era mejor así. Mejor para los dos.

–Olivia, Olivia... –musitó, rozando su frente con los labios.

Cuando se apartaba vio que movía los párpados, pero antes de que pudiese abrirlos del todo volvió a cerrarlos, como si le pesaran demasiado.

Sintiendo un dolor desgarrador, como si estuviera partiéndose por la mitad, Zayed salió de la habitación y se dirigió hacia el jeep, Rubyhan y el resto de su vida.

Capítulo 13

OLIVIA sentía como si estuviese bajo el agua, nadando hacia la superficie, viendo una luz a lo lejos. Oía voces y sintió que alguien apretaba su mano, pero le pesaban los párpados y, por mucho que lo intentase, no era capaz de abrir los ojos.

«Olivia, Olivia».

Quería responder, pero le dolían todos los músculos y el sueño se apoderó de ella. Cuando despertó de nuevo la habitación estaba en sombras y, aunque seguía experimentando una abrumadora fatiga, por fin fue capaz de abrir los ojos. Había un hombre sentado en la cama. En la penumbra, pensó que era Zayed y su corazón dio un vuelco.

–Zayed...

–No, señorita Taylor. Soy Ammar Abdul, el médico del príncipe.

–¿Dónde... dónde está Zayed?

–Su Alteza ha vuelto a Rubyhan –respondió el hombre.

Se había ido. Los ojos de Olivia se llenaron de lágrimas. ¿Por qué se había ido?

–¿Qué me ha pasado? –le preguntó. Lo último que recordaba era a Zayed tomándola entre sus brazos, diciéndole que no luchase contra él, contra ellos.

–Una mordedura de cobra, señorita Taylor. Es muy afortunada de estar viva.

Una serpiente. Olivia recordó entonces el dolor en el tobillo...

–¿Cuánto tiempo llevo así?

–Han pasado cuatro días y, durante algún tiempo, no sabíamos si sobreviviría. Como he dicho, ha sido usted muy afortunada.

–Gracias –murmuró ella–. ¿Cuánto tiempo estaremos aquí?

–El príncipe desea que vuelva a Rubyhan en cuanto sea posible, tal vez mañana.

Olivia asintió y, unos minutos después, el médico salió de la habitación, dejándola con un peso en el corazón. Su vida había estado en peligro durante cuatro días y Zayed se había ido. Daba igual cuándo o por qué, no podía pasar eso por alto. Se había ido.

«Nunca ha prometido amarte», se recordó a sí misma. «Tiene que recuperar su trono».

Pero la cuestión era que no estaba allí, que había decidido dejarla cuando su vida estaba en peligro. Eso era todo lo que necesitaba saber. Esa era la realidad de su relación con Zayed.

Pasó el resto del día intentando recuperarse y, por la mañana, el médico decidió que estaba lista para el viaje.

–Parece que el veneno no ha causado un daño permanente, pero tendré que hacerle más pruebas durante esta semana –le dijo, después de examinarla–. Mientras tanto, descanse, coma y beba muchos líquidos –agregó, esbozando una sonrisa–. Dentro de unos días se sentirá mejor.

El trayecto en jeep fue una tortura y el viaje en helicóptero a Rubyhan no fue mucho mejor. Cuando llegaron al Palacio de las Nubes estaba exhausta y dolorida, anhelando una cama... y a Zayed.

Él no estaba esperando en el helipuerto y Anna la llevó directamente a su habitación. Aunque tal vez no debería, Olivia no pudo evitar preguntar por él.

—Su Alteza está muy ocupado resolviendo asuntos diplomáticos —respondió la joven con expresión inescrutable—. Pero le diré que ha llegado.

Una nueva decepción, tan dolorosa como cuando despertó y descubrió que Zayed se había ido. ¿O estaba siendo poco razonable al esperar que se quedase a su lado como una enfermera? Su país estaba en guerra y tenía muchas obligaciones. Tal vez estaba siendo emotiva y ridícula, pero no podía evitarlo.

Transcurrieron veinticuatro horas antes de que viese a Zayed. Había pasado el día en su habitación, descansando o durmiendo, intentando comer algo, aunque no tenía apetito. Luego, la noche del segundo día, Anna fue a buscarla.

—Su Alteza quiere verla ahora —anunció.

Al parecer, Zayed llamaba y ella tenía que acudir.

Anna la llevó a una sala de audiencias en la primera planta, con columnas de mármol y paredes adornadas con pan de oro. Zayed estaba al fondo, vestido con una tradicional túnica bordada. No podría haber dejado más claro que quería crear distancia entre ellos.

¿Qué había cambiado desde que la tomó entre sus brazos y le dijo que podrían ser felices? ¿Qué había pasado?

Anna desapareció discretamente y Olivia se quedó a solas con Zayed. Con el príncipe Zayed al bin Nur. Porque él era un príncipe y ella una plebeya.

–Tendrás que perdonarme, pero no puedo estar de pie mucho rato –le dijo, mientras se dejaba caer sobre una silla tapizada con tela dorada.

–No, claro. Siéntate, por favor –asintió él, su mirada tan impenetrable como siempre–. Tienes mejor aspecto que la última vez que te vi.

–¿Y cuándo fue eso? –le preguntó Olivia.

Zayed frunció el ceño y ella se mordió los labios. No tenía sentido revelar que estaba dolida porque era evidente que a él no le importaba.

–Hace un par de días. Tuve que volver a Rubyhan por un asunto oficial.

–Por supuesto –murmuró ella. Ninguno de los dos dijo nada durante unos segundos y el silencio se volvió insoportable–. ¿Qué ha pasado, Zayed? ¿Qué ha cambiado entre nosotros? –le preguntó entonces, mirándolo a los ojos, sin miedo, porque ya no podía hacerle más daño–. No recuerdo lo que pasó después de que me mordiese la serpiente, pero sí recuerdo lo que pasó antes. Estabas diciendo que luchase por nosotros, que no me rindiese. Y luego, cuando estaba terriblemente enferma, al borde de la muerte, tú vuelves a Rubyhan. Llegué ayer y he esperado veinticuatro horas para verte.

–He estado ocupado –respondió él.

–Y cuando te veo, me tratas como si fuera una suplicante pidiendo un favor al rey –Olivia señaló alrededor–. ¿Qué es esto, qué estás intentando decirme?

Zayed se quedó en silencio durante unos segundos y ella esperó, conteniendo el aliento.

–El gobierno francés no está dispuesto a apoyar mis reivindicaciones.

–Ah, ya veo. Y ahora te preguntas si una esposa occidental que habla francés y es hija de un diplomático te serviría de algo –murmuró Olivia. Era tan obvio y le dolía tanto. Lo amaba, pero Zayed no sentía nada por ella y lo había sabido desde el principio–. Así que imagino que estamos como antes.

–Hay algo más –dijo él entonces–. Hassan se ha puesto en contacto conmigo.

–Espero que se le haya pasado el enfado.

–Quiere que discutamos mi compromiso con Halina.

Ya no la necesitaba y Olivia se alegró. No, en realidad no se alegró, pero era un alivio porque al menos aquello había ocurrido ahora, no meses o años después, cuando la idea de ser descartada hubiera sido devastadora. Le había roto el corazón, pero curaría, ella se encargaría de que curase.

–Entonces, lo único que queda por hacer es comprar un billete de avión con destino a París –anunció. Le temblaban los labios, pero estaba decidida a no llorar, a no mostrar debilidad.

–Yo me encargaré de todo –dijo él después de una tensa pausa–. Pero antes debo pedirte que hagas una última cosa por mí.

–¿Qué es?

–Acompañarme a Abkar. Halina quiere verte y el sultán también.

Olivia cerró los ojos, intentando contener el dolor.

–Muy bien. ¿Cuándo nos vamos?

Zayed miró su precioso rostro, tan pálido. Lo único que quería era tomarla entre sus brazos y no soltarla nunca. Los últimos cinco días habían sido un infierno para él. El temor por la vida de Olivia había hecho que las noticias de Francia y Abkar quedasen relegadas a un segundo plano. Nada le importaba más que los informes del médico.

Pero había llegado el momento. Lo que hubo entre ellos se había roto. Tenía que pensar en su país, en su padre y sus hermanos asesinados por Malouf, en su madre muriendo entre sus brazos. Tenía que pensar en eso. La noticia del interés de Hassan por verlo y el rechazo del gobierno francés habían sido como una señal. Tenía que dejar de perseguir su propia felicidad y hacer lo que era mejor para Kalidar.

—Nos iremos mañana y la visita será breve —le dijo, haciendo una pausa para deshacer el nudo que tenía en la garganta—. Estarás en París en un par de días.

Zayed no volvió a ver a Olivia hasta que subieron al helicóptero por la mañana. Apenas había podido conciliar el sueño, pensando solo en ella. Anhelaba una última noche entre sus brazos, prohibida y dulce. No lo hizo porque sabía que eso no sería justo ni para ella ni para Halina. Tenía que romper limpiamente, despedirse del todo.

No hablaron durante el viaje en helicóptero, ni en el coche blindado que los llevó a Abkar por el desierto.

Por la ventanilla, Olivia miraba las casas de una sola planta que daban paso a modernos edificios y rascacielos. Cuando llegaron a las puertas del palacio, de piedra caliza, salpicado de minaretes, dejó escapar un suspiro.

—Parece que me fui de aquí hace una eternidad.

Había pasado una eternidad, pensó Zayed. Una parte de él había despertado a la vida durante unas semanas, y luego había vuelto a morir. No quería volver a ser el hombre que había sido, encerrado, aislado, una torre de independencia y fuerza. Quería necesitarla, pero sabía que no podía hacerlo.

Tenía un deber que cumplir y apenas miró a Olivia mientras salía del coche y saludaba al consejero que lo acompañaría al salón del trono. Unos minutos después, el sultán entró con expresión seria. Se saludaron con una inclinación de cabeza, de un Jefe de Estado a otro, mirándose en silencio.

–No aplaudo tus métodos, pero al menos has conseguido que te reciba –dijo Hassan por fin–. Es infortunado que cometieses tan grave error.

–Desde luego –asintió Zayed. Le gustaría hablar sobre la naturaleza del «error» porque Olivia era mucho más que eso, pero no lo hizo. No podía hacerlo.

–En circunstancias normales, ni siquiera te recibiría –continuó Hassan–. Aunque entiendo tus razones, y tu deseo de recuperar el trono de Kalidar, Halina es mi hija, un miembro de la familia real de Abkar, y tu intención era faltarle al respeto.

–No era mi intención faltarte al respeto.

Hassan dejó escapar un suspiro de irritación.

–Todo eso da igual ahora. La cuestión es que las circunstancias de la princesa han cambiado.

–¿Cómo?

–Su madre se la llevó a Italia hace unas semanas para evitarle el drama que tenía lugar aquí y parece que... en fin, parece que mi hija ha cometido un grave error.

–¿A qué te refieres?

–Ya no es virgen. De hecho, está esperando un hijo –anunció el sultán–. Imagino que no es lo que tú habías esperado.

–Me ha tomado por sorpresa, debo admitirlo.

–Ha sido deshonrada y mancillada. La única forma de solucionar esta situación es que te cases con ella como habíamos planeado. El hijo podría pasar por hijo tuyo.

Zayed sintió una oleada de repugnancia ante tal sugerencia.

—¿El padre biológico no tiene interés por su hijo?

—Él no tiene nada que decir. No lo sabe y yo tengo
intención de que no lo sepa nunca.

—¿Quién es?

—Eso no es asunto tuyo.

—Al contrario, es asunto mío. Eres tú quien me está
pidiendo que lo acepte como hijo propio y mi heredero.

—Ese es el precio que tendrás que pagar por tu fe-
choría —replicó el sultán—. ¿Creías que iba a perdonarte
tan fácilmente? Si quieres mi apoyo, si quieres reclamar tu trono, tendrás que hacerlo.

Zayed tomó aire, intentando contener su ira. Hassan
siempre había sido un déspota. Abkar era un país rico
en recursos y con una economía estable, pero él no
aceptaría órdenes de nadie.

—¿Y qué piensa la princesa?

—Tampoco es asunto tuyo.

—Aun así, me gustaría saberlo.

Hassan se encogió de hombros.

—Puedes preguntárselo tú mismo. Te concederé una
audiencia privada con mi hija, pero si te tomas alguna
libertad con ella rescindiré la oferta.

—No me tomaré ninguna libertad —respondió Zayed,
airado. Había olvidado cuánto le desagradaba el sultán.
Podía ser encantador cuando quería, pero bajo esa capa
de paternal amabilidad había un hombre arrogante y
egoísta.

—Entonces, hemos terminado.

Zayed apretó los dientes. Estaba furioso y no solo
por la falta de respeto del sultán, o por cómo había hablado de su hija, como si fuera una mancha en su repu-

tación. Estaba furioso porque no había mostrado la menor preocupación por Olivia cuando ella lo consideraba casi como un padre y veía el palacio como su hogar.

–Ni siquiera has preguntado por la señorita Taylor –le espetó.

Hassan enarcó una ceja.

–¿Y tú crees que debería interesarme?

–Ha sido empleada del palacio durante cuatro años.

–Ha sido una criada en el palacio, sí. Imagino que la habrás tratado con cortesía.

–Por supuesto que sí –respondió Zayed, que estaba a punto de estrangularlo.

–La señorita Taylor ya no es miembro del personal de palacio. Su contrato ha sido rescindido. Imagino que lo entenderá.

–¿Le darás referencias?

–No –se limitó a responder el sultán.

Zayed odiaba que aquel hombre la tratase con tal desconsideración.

Como la había tratado él.

Apartando de sí tan molesto pensamiento, se despidió con un gesto antes de dar media vuelta para salir del salón.

Capítulo 14

OLIVIA!

En cuanto la vio entrar en la habitación, su amiga corrió hacia ella y la envolvió en sus brazos.

—Hola, Halina.

—¿Estás bien? ¿Te han hecho daño?

—No, estoy bien.

—Pero estás muy pálida.

—He estado enferma, pero me han tratado con respeto —le contó Olivia, apartándose. Se sentía tan frágil como si estuviera a punto de romperse, y no tenía nada que ver con la mordedura de la serpiente—. ¿Cómo estás tú? He oído que te fuiste a Italia.

Su amiga se mordió los labios.

—Olivia, me temo que he cometido un error.

—¿Tú? Creo que fue Zayed quien cometió un error.

Lo amaba y él no sentía nada por ella. Daba igual cuántas veces se lo dijera a sí misma, seguía rompiéndole el corazón.

—Sí, pero... —los ojos de Halina se llenaron de lágrimas—. Yo lo he empeorado todo.

—No te entiendo.

Su amiga se dio la vuelta para mirar los jardines del palacio por la ventana.

—Hice una estupidez —murmuró, pasándose los dedos por las sienes–. No puedo creer que haya sido tan ingenua.

–Me estás asustando. ¿Qué ha pasado?

–Mi madre me llevó a un hotel en Roma para alejarme de Abkar porque mi padre temía que volviesen a intentar secuestrarme –Halina se volvió para mirarla con expresión angustiada–. ¿Lo has pasado mal, Livvy? Lo siento muchísimo.

–No es culpa tuya. Y no lo pasé mal, no te preocupes.

La princesa, que a veces era increíblemente perceptiva, debió ver algo en su expresión porque la miró con gesto inquisitivo.

–¿Qué quieres decir?

–Ibas a contarme lo que te ha pasado a ti –le recordó Olivia.

–Sí, aunque me da vergüenza contártelo –Halina tomó aire–. Me escapé de la habitación y me metí en una fiesta en uno de los salones del hotel. Solo quería divertirme un rato, nada más.

Eso era lo que Olivia había querido cuando se rindió ante Zayed esa primera y mágica noche.

–¿Y qué pasó en la fiesta?

–Que conocí a un hombre guapísimo y pasé la noche con él –le confesó su amiga–. Perdí mi virginidad con un extraño y luego, por la mañana, uno de los guardias de mi padre nos encontró en la habitación.

–Ay, Halina –murmuró Olivia, incrédula. Las dos habían sucumbido a la misma tentación–. Lo siento mucho.

–Pero eso no es lo peor –la princesa se dejó caer en el sofá, con la cabeza entre las manos–. Mi padre me obligó a hacerme una prueba de embarazo... y resulta que estoy embarazada.

–Dios mío.

Atónita, Olivia se sentó a su lado y le pasó un brazo por los hombros.

–Lo he estropeado todo.

–¿Y ese hombre? Imagino que tendrás que contárselo.

–Mi padre no quiere decírselo.

–¿Por qué no?

–Porque quiere que el príncipe Zayed acepte a este hijo como suyo. ¿Cómo es, Livvy? ¿Es un salvaje? Pensar que quería secuestrarme y ahora debo casarme con él...

Olivia se levantó del sofá para que no viera su expresión. El sultán quería que Zayed aceptase al hijo de Halina como suyo propio, que se casara con la princesa cuando no la amaba... cuando ni siquiera se conocían. Era horrible, injusto, pero era lo que Zayed había decidido. Era lo que deseaba. No quería amor, no la quería a ella.

–¿Qué te ocurre? –le preguntó su amiga–. Te has quedado muy callada. ¿Me ocultas algo?

–No, nada.

–Te conozco desde que las dos teníamos once años. ¿Qué es lo que no me cuentas sobre el príncipe? ¿Es algo terrible?

–No, no. Zayed es... una buena persona.

Olivia quería que la creyese, que se diera por satisfecha y que aquella conversación terminase de una vez porque no podía soportarlo más.

–Estás enamorada de él –dijo Halina entonces–. Es evidente.

–No es verdad –protestó ella, pero su negativa era tan débil que no engañaría a nadie.

–¡Estás enamorada de él y Zayed debe casarse conmigo! Es horrible.

–Zayed quiere casarse contigo. Lo que yo sienta no importa, lo sé muy bien.

–¿Cómo que no importa? Te importa a ti y me importa a mí. Y, si le quieres, también debería importarle a Zayed.

–No le importa, lo ha dejado bien claro.

–Yo no he desafiado a mi padre porque sé que esta situación le avergüenza, pero ahora tendré que hacerlo.

–No, por favor –dijo Olivia, alarmada–. Halina, por favor, no rompas el compromiso. Zayed necesita la alianza con tu país. Tu padre le habrá contado lo que pasó en Italia y él te habrá aceptado de todos modos. Por favor, no digas nada.

–Pero tú le quieres –insistió su amiga–. ¿No te importa que se case conmigo?

–Él no me quiere, eso es lo que importa. Soy yo quien ha decidido no estar con él, así que no digas nada –le rogó Olivia, sintiendo que se le doblaban las piernas–. No puedo seguir hablando. He estado enferma y necesito descansar, pero prométeme que no le dirás nada de esto a Zayed.

Halina le dio un beso en la mejilla.

–Muy bien, descansa un rato. Nos veremos después –le dijo, apretando su mano–. Menuda pareja. ¿Quién hubiera imaginado que tendríamos tales aventuras?

Olivia salió de la habitación con una triste sonrisa en los labios, pero dejó de sonreír al ver que Zayed se dirigía hacia ella por el pasillo.

–¿Has hablado con la princesa?

–Sí.

–¿Te lo ha contado?

–¿Lo de su embarazo? Sí, me lo ha contado. Lo siento mucho.

–Es culpa mía. Y no puedo acusar a la princesa de ser impetuosa cuando yo he hecho lo mismo –dijo él, pasándose los dedos por las sienes.

–¿Te duele la cabeza?

–Se me pasará –Zayed bajó la mano y la miró a los ojos–. ¿Cómo estás?

Su corazón estaba hecho pedazos, pero no iba a decírselo.

–Bien, estoy bien.

Él la miró en silencio durante unos segundos, como intentando percibir lo que había bajo esa máscara de calma y control.

–Olivia...

–Necesito descansar –lo interrumpió ella. No quería hablar con él. De hecho, sería mejor si no volviese a verlo en toda su vida.

Intentó pasar a su lado, pero Zayed la tomó del brazo. Su rostro estaba tan cerca que casi podría besarlo y, sin poder evitarlo, se dejó caer sobre su torso. A pesar de todo, se derretía cada vez que la tocaba.

–Me gustaría... –empezó a decir él, acariciando su mejilla–. Me gustaría que las cosas fueran diferentes.

–Pero no lo son –lo interrumpió ella. Aunque sentía como si estuviera partiéndose en dos.

–Lo sé –Zayed entornó los ojos e inclinó la cabeza para besarla. Y, aunque Olivia sabía que debería resistirse, dejó que rozase sus labios una vez, dos veces, despacio, como si estuviera grabándolos en su mente. Se agarró a sus hombros para sostenerse y luego, por fin, se apartó.

–Tu prometida está esperando –consiguió decir antes de alejarse por el pasillo.

Zayed esperó hasta que su respiración y su libido estuvieron bajo control y luego entró en el salón donde esperaba la princesa Halina.

Ella dio media vuelta y lo miró con los ojos como platos.

–Zayed.

–Halina –dijo él, intentando mirarla de forma objetiva. Sí, era guapa. Tenía el pelo largo, negro como el ébano, grandes ojos castaños y una figura voluptuosa. Pero no era Olivia y eso era lo único que importaba.

–Has hablado con mi padre.

–Me ha contado lo que pasó en Italia, sí.

–¿Y estás dispuesto a aceptarme en estas circunstancias?

–Parece que no tengo alternativa.

–De todos los que estamos involucrados en esta situación, tú eres quien tiene más opciones.

Sorprendido, Zayed frunció el ceño.

–¿Qué quieres decir?

–Que no tienes que casarte conmigo.

–Creo que conoces el incentivo político para hacerlo.

–¿Incentivo político? –Halina hizo una mueca de desprecio–. ¿De verdad crees que mi padre apoyará tu derecho a reclamar el trono de Kalidar?

Zayed sintió un escalofrío.

–¿Sabes algo que yo no sepa?

–Solo sé que nunca he confiado en mi padre del todo. No es un hombre cruel, pero solo le importan su reputación y su comodidad, por encima de todo lo demás.

–Supongo que es un riesgo que debo asumir.

–¿Y Olivia?

Zayed tragó saliva.

–¿Qué quieres decir?

–¿Ella no te importa en absoluto?

«Claro que me importa. Por supuesto que me importa».

–No estamos aquí para hablar de Olivia –respondió.

–No, es verdad. Estamos aquí para hablar de nuestro posible matrimonio.

–Así es.

–Y la verdad, Zayed, es que yo no quiero casarme contigo. Y no voy a hacerlo –anunció Halina entonces.

Él la miró, perplejo.

–¿Qué?

–No voy a casarme contigo –repitió Halina–. Siento mucho decepcionarte.

–Pero tu padre...

–Mi padre quiere que me case contigo para remediar mi error, pero no puede obligarme a hacerlo –lo interrumpió ella, con un gesto desafiante.

Zayed sabía a lo que estaba arriesgándose. Hassan se pondría furioso y seguramente la enviaría a algún palacio remoto en el desierto. La admiró por ello, pero además de admiración experimentó otra emoción más intensa: alivio.

Él tampoco quería casarse con Halina porque no quería separarse de Olivia.

–¿Puedo preguntar por qué has tomado esa decisión?

–Es muy sencillo –respondió ella, mirándolo con un brillo retador en los ojos–. No voy a casarme con un hombre que está enamorado de otra mujer.

–Yo no... –empezó a decir él. Pero no terminó la frase. No podía negarlo. Llevaba días intentándolo, apartándose de Olivia porque era necesario para su país.

—Me alegra que no te molestes en negarlo —dijo Halina.

Su audacia lo sorprendía y lo divertía al mismo tiempo.

—Lo que siento por Olivia no tiene nada que ver con nuestra posible alianza.

—Me temo que sí tiene que ver. Porque, como he dicho, yo no deseo casarme con un hombre que ama a otra mujer. Especialmente, estando embarazada de otro hombre.

—¿Le quieres? —le preguntó Zayed.

—No —respondió ella después de una pausa—. Pero entre mi hijo y tu amor por Olivia nuestro matrimonio sería un completo fracaso.

—No tendría por qué ser así —insistió él, aunque no parecía convencido porque la imagen que pintaba Halina era tan sombría. ¿Pero qué otra cosa podía hacer?

—¿Sabes lo que creo? Creo que estás usando tu sentido del deber como una excusa.

—¿Qué dices? —exclamó Zayed, airado—. Mi padre y mis hermanos fueron asesinados por Malouf. Yo los vi morir. Durante los últimos diez años... —tuvo que hacer una pausa para contener la emoción— durante los últimos diez años he dedicado mi vida, todo lo que tengo, a servir a mi país y honrar su recuerdo.

—No intento menospreciar lo que le pasó a tu familia o lo que tú has hecho por ellos. Sé que has sufrido y te has esforzado mucho por el bien de tu país, de tu gente. Lo que digo es que estás usando tu sentido del deber para alejarte de Olivia.

—¿Y por qué haría eso?

—Porque tienes miedo.

–¿Miedo de qué?

–Del amor, de arriesgarlo todo por otra persona, de luchar por otra persona, no solo por una causa. Tienes miedo a sufrir –respondió Halina, con una sonrisa enigmática y un poco triste.

Zayed no dijo nada porque sabía que era verdad. Tenía miedo. Después de perder a sus seres queridos no había querido amar de nuevo. Ver sufrir a Olivia por la mordedura de la serpiente había sido aterrador y, desde entonces, había hecho lo posible para distanciarse de ella... porque tenía miedo. Porque era un cobarde.

–Pero necesito el apoyo de tu padre.

–Estoy segura de que podrías conseguir el apoyo de otros países. Esa no es una razón, Zayed, solo es una excusa.

–Muchos gobernantes se han casado empujados por el sentido del deber –le recordó él.

–Pues no seas uno de ellos.

–¿Y tú? ¿Qué piensas hacer?

La princesa se encogió de hombros.

–No debes preocuparte por mí. Preocúpate por Olivia.

Horas después, mientras paseaba por su dormitorio, Zayed no podía dejar de darle vueltas a esa conversación. Amaba a Olivia, pero temía amarla. ¿Y si dejaba su país en peor situación, a su gente más oprimida? ¿Tenía derecho a ser tan egoísta?

Entonces la recordó en el desierto, atendiendo a su gente, mostrando afecto y preocupación por todos.

Sería una reina maravillosa. Era su mujer y su gente ya la había aceptado. ¿Por qué no había visto eso antes? Estaba obsesionado por su posible alianza con Hassan, pero en un momento de absoluta claridad comprendió que no debería haber contado con el apoyo del sultán. Necesitaba ganarse a su gente, a su país, no depender del apoyo de un extraño.

Y necesitaba a Olivia.

Estaba desesperado por verla, por hablarle de sus sentimientos.

Corrió hacia las estancias del servicio y un criado le indicó cómo llegar a su habitación, pero Olivia no estaba allí. Era un cuarto pequeño, espartano. No tenía ningún lujo y, sin embargo, ella estaba agradecida al sultán. Olivia pedía tan poco. A él no le había pedido nada... nada más que su amor.

Zayed corrió escaleras abajo, desesperado.

—¿Dónde está Olivia? —le preguntó a un criado—. ¿Dónde está la señorita Taylor?

—La señorita Taylor se ha ido, Alteza —respondió el hombre—. Pidió un coche para ir al aeropuerto hace una hora.

Capítulo 15

Tres meses después

París era precioso en otoño. Desde su apartamento en el corazón de la ciudad, Olivia podía ver el serpenteante río verde y las hojas de los árboles en las orillas, que empezaban a volverse rojizas y doradas.

Llevaba tres meses en París, después de dejar su corazón en Abkar, pero estaba haciendo lo posible para vivir sin su corazón. Sin Zayed.

Cuando llegó a París se alojó en casa de su madrina quien, además de mostrarse sorprendentemente contenta de verla, le había conseguido un trabajo como traductora. En unas semanas tenía un trabajo y un apartamento y hasta un pequeño grupo de amigos. Aquella era la vida con la que había soñado y, sin embargo, le parecía terriblemente vacía.

No había sabido nada de Zayed, ni una palabra sobre la anulación o el divorcio, de modo que seguían casados. Había evitado leer revistas de cotilleos porque no quería saber nada de su boda con Halina y, cuando su amiga intentó ponerse en contacto con ella a través de las redes sociales, Olivia decidió no contestar porque aún se sentía demasiado frágil. Sin embargo, los últimos meses, primero con Zayed y ahora en París, le habían demostrado que era una persona fuerte. Un co-

razón roto podía curar. Una vida rota podía ser recons-
truida.

Sabía lo que había pasado en Kalidar porque había
salido en las noticias. El ejército, cansado de la tiranía,
había dado un golpe de Estado. Malouf había intentado
aferrarse al poder, provocando sangrientas refriegas,
pero una semana antes Zayed había entrado victorioso
en la capital, Arjah. El tirano había sido encarcelado y
pronto sería juzgado por crímenes de guerra. En una
semana, Zayed sería coronado como rey de Kalidar.

Olivia se alegraba mucho por él. Por fin había conseguido lo que había perseguido durante tantos años. Y
lo merecía.

Se preguntaba si se habría casado con Halina, pero
en realidad daba igual. Zayed no la quería, no la había
elegido a ella. Que se hubiera casado o no era irrele-
vante porque ella necesitaba rehacer su vida.

Dejando escapar un suspiro, Olivia tomó su bolso y
se lo colgó al hombro. Le gustaba su trabajo como traductora, aunque no creía que fuese a hacerlo para siempre. El futuro le parecía tan inhóspito como el desierto...

Pero tenía que dejar de pensar así. Y tenía que dejar
de pensar en el desierto, en Kalidar, en Zayed. Cualquier cosa despertaba sus recuerdos: un cielo azul, el
sabor del anís, el susurro de la seda. Todo le hacía recordar los días y las noches que había pasado con él,
enamorándose de él.

Bajó por la angosta escalera y abrió el portal para
encontrarse con un fresco día otoñal... y con Zayed.

Lo miró, incrédula, parpadeando varias veces, como
si así fuera a desvanecerse. Era un espejismo del desierto en el centro de París.

–Hola, Olivia.

Zayed llevaba un traje de chaqueta azul marino, el pelo oscuro apartado de la cara. Sus ojos brillaban mientras esbozaba una sonrisa a la vez burlona y tierna.

–¿Qué haces aquí?

–He venido a buscarte.

–Quieres el divorcio –dijo Olivia. No debería dolerle, pero sentía como si su corazón se rompiese de nuevo.

–¿El divorcio? –Zayed negó con la cabeza–. No, Olivia, no quiero el divorcio.

–Pero Halina...

–¿No has hablado con ella? Halina se negó a casarse conmigo.

–Se negó... –Olivia lo miraba sin entender–. Debió ser una gran decepción para ti.

¿Habría ido a buscarla como segunda opción? Una vez habría aceptado, incluso se habría sentido agradecida. Pero, irónicamente, Zayed le había demostrado que merecía más. Una pena que él no hubiese caído en la cuenta.

–Fue una sorpresa, desde luego, pero no una decepción. En realidad, fue un alivio, *habibi*. Porque la única mujer a la que quiero eres tú.

Olivia no podía creer lo que estaba diciendo.

–Han pasado tres meses y no he sabido una palabra de ti.

–Poco después de que te fueras de Abkar los militares dieron un golpe de Estado en Kalidar. No podía irme de mi país.

–Lo sé, lo he visto en las noticias. Pero desde entonces... ni siquiera un mensaje –Olivia sacudió la cabeza. Se odiaba a sí misma porque, en el fondo, quería aceptar lo que le ofrecía. Lo poco que le ofrecía.

–Antes tenía que encontrarte –dijo Zayed–. Y la verdad es que quería darte tiempo. Sabía que nunca habías vivido por tu cuenta, que nunca habías tenido la oportunidad de descubrir de lo que eras capaz. Yo quería darte esa oportunidad después de lo que pasó... y darme algún tiempo para descubrir si lo que sentíamos era real y duradero.

–Lo que sentíamos –Olivia apartó la mirada, temiendo hacerse ilusiones–. ¿Qué es lo que sientes, Zayed?

No había vacilación en su voz cuando respondió:

–Te quiero, Olivia. Las semillas de ese amor fueron plantadas la primera noche.

–Pero me dejaste –le recordó ella–. Cuando estaba tan enferma...

–Fue entonces cuando supe que te amaba. Me daba pánico perderte. Tenía miedo por ti y por mí mismo, por el dolor que sentiría si te pasaba algo. Por eso intenté mantener las distancias... pero no quiero ser un cobarde, Olivia. Amarte ha despertado lo mejor de mí, tú has despertado lo mejor de mí. La única cuestión es si tú me quieres. ¿Deseas seguir siendo mi esposa y mi reina?

Olivia tomó aire, pero cuanto intentó hablar la emoción se lo impidió.

–Zayed... –musitó, echándose en sus brazos.

–Siento mucho haberte hecho daño, *habibi*. Quería darte libertad, pero tal vez debería haber venido antes.

–No, no. Es solo... pensé que no volvería a verte y te quiero tanto. Sentía como si estuviera desagarrándome por dentro.

–Sé lo que es eso y no se lo deseo a nadie, pero ahora estamos juntos y te prometo, te juro por mi vida, que nunca te haré daño. Te doy mi palabra de honor.

–Eso es lo que me dijiste esa noche, cuando me sacaste del palacio. Me diste tu palabra de honor de que nunca me harías daño.

–Lamento tanto haberte hecho esperar. Te quiero con todo mi corazón, Olivia, con toda mi alma. Te quiero a mi lado, en mi cama, en mi vida, de la mano para siempre.

–Yo también te quiero –susurró ella, con los ojos llenos de lágrimas–. Te quiero tanto.

Zayed tiró de ella para darle un largo y prolongado beso.

–Entonces, soy el hombre más feliz del mundo.

–Y yo la mujer más feliz del mundo –murmuró Olivia.

Tres meses después

Las campanas sonaban por toda la ciudad de Arjah para celebrar la boda del nuevo rey de Kalidar con su reina. Zayed escuchaba los alegres tañidos y su corazón se llenaba de felicidad. No podía pedir nada más a su gente, a su país, a su mujer.

Olivia, con un vestido de encaje blanco y un velo, su pelo oscuro sujeto en un moño, tenía un aspecto radiante.

–Al menos esta vez he entendido la ceremonia –bromeó.

Zayed esbozó una sonrisa.

–Ha sido una bendición más que una boda de verdad. No podemos casarnos dos veces.

–Una vez es suficiente para mí –dijo Olivia, apoyando la cabeza sobre su hombro.

–Yo estaba pensando lo mismo.

Los últimos meses de paz y prosperidad en Kalidar le habían proporcionado una inmensa satisfacción. Líderes de todo el mundo le habían ofrecido su apoyo y poco a poco borraría los diez años de dictadura, haciendo prosperar a su país y a su gente. Sus padres y sus hermanos estarían orgullosos porque su recuerdo había sido honrado, sus muertes vengadas.

En la plaza frente al palacio, la multitud lanzaba gritos de alegría.

–Creo que quieren que salgamos al balcón –dijo Olivia.

–Entonces, no les hagamos esperar –tomando su mano, Zayed salió al balcón con su esposa y fueron recibidos por ensordecedores gritos de aprobación.

Cuando miró a su mujer, vio el amor reflejado en su rostro, el mismo amor que sentía por ella. No, no podía pedir nada más. Tenía todo lo que quería.

Zayed y Olivia saludaron a la multitud, sonriendo, sus corazones colmados de felicidad.

Bianca

Se había resistido a él en una ocasión...
¡pero aquel multimillonario jugaba para ganar!

DESEO MEDITERRÁNEO

Miranda Lee

Una lujosa casa en la isla de Capri iba a ser la última adquisición del playboy Leonardo Fabrizzi, hasta que descubrió que la había heredado Veronica Hanson, la única mujer capaz de resistirse a sus encantos y a la que Leonardo estaba decidido a tentar hasta que se rindiese. La sedujo hábil y lentamente. La química que había entre ambos era espectacular, pero también lo fueron las consecuencias: ¡Veronica se había quedado embarazada!

Acepte 2 de nuestras mejores novelas de amor GRATIS

¡Y reciba un regalo sorpresa!

Oferta especial de tiempo limitado

Rellene el cupón y envíelo a
Harlequin Reader Service®
3010 Walden Ave.
P.O. Box 1867
Buffalo, N.Y. 14240-1867

¡Sí! Por favor, envíenme 2 novelas de amor de Harlequin (1 Bianca® y 1 Deseo®) gratis, más el regalo sorpresa. Luego remítanme 4 novelas nuevas todos los meses, las cuales recibiré mucho antes de que aparezcan en librerías, y factúrenme al bajo precio de $3,24 cada una, más $0,25 por envío e impuesto de ventas, si corresponde*. Este es el precio total, y es un ahorro de casi el 20% sobre el precio de portada. !Una oferta excelente! Entiendo que el hecho de aceptar estos libros y el regalo no me obliga en forma alguna a la compra de libros adicionales. Y también que puedo devolver cualquier envío y cancelar en cualquier momento. Aún si decido no comprar ningún otro libro de Harlequin, los 2 libros gratis y el regalo sorpresa son míos para siempre.

416 LBN DU7N

Nombre y apellido	(Por favor, letra de molde)	
Dirección	Apartamento No.	
Ciudad	Estado	Zona postal

Esta oferta se limita a un pedido por hogar y no está disponible para los subscriptores actuales de Deseo® y Bianca®.
*Los términos y precios quedan sujetos a cambios sin aviso previo.
Impuestos de ventas aplican en N.Y.

SPN-03

DESEO

Aquel sensual texano fue tan solo la aventura de una noche… hasta que se convirtió en su cliente y luego en su falso prometido

Amantes solitarios

JESSICA LEMMON

La aventura de Penelope Brand con el multimillonario Zach Ferguson fue tan solo algo casual… hasta que él fingió que Penelope era su prometida para evitar un escándalo. Entonces, ella descubrió que estaba embarazada y Zach le pidió que se dieran el sí quiero por el bien de su hijo. Sin embargo, Pen no deseaba conformarse con un matrimonio fingido. Si Zach quería conservarla a su lado, tenía que ser todo o nada.

Lo tenía todo… ¡excepto a su esposa!

SEDUCCIÓN ABRASADORA

Melanie Milburne

Vinn quería que su esposa, Ailsa, volviera con él. Dado que Ailsa le había dejado hacía casi dos años, estaba dispuesto a recurrir incluso al chantaje para conseguir una reconciliación temporal según unas condiciones impuestas por él.

Pero la apasionada Ailsa se enfrentó a él. Por ese motivo, a Vinn no le quedó más remedio que recurrir a la seducción para obligarla a rendirse a sus deseos.